FOLIO JUNIOR

Les Indiens de la Ville Lumière

de Hugo Verlomme
illustrations de Jeanne Puchol

Gallimard Jeunesse

– QUE D'EAU ! QUE D'EAU ! LANCE STAN À SA CHIENNE NASKA, QUI GAMBADE DANS LES FLAQUES SOUS UNE PLUIE TORRENTIELLE.

L'accumulation des nuages rend la nuit de Paris plus épaisse encore. Quelle obscurité sur la Ville Lumière ! Stan et Naska courent dans la ville mais autour d'eux l'univers est liquide : la pluie tombe sans arrêt depuis des jours et des jours. Le niveau de la Seine est monté de façon alarmante, les voies sur berge sont inondées. Stan contemple Paris pris d'assaut par l'eau sous toutes ses formes. L'eau peut être si douce, et pourtant rien ne lui résiste... Près de la berge, Stan voit des bras fantomatiques qui tremblent dans le courant du fleuve, ce sont les branches d'un arbre dont seule la cime émerge.

Les voitures passent sur le quai en lançant de grandes gerbes d'éclaboussures. Stan n'en a cure, il est équipé de pied en cap avec ses vêtements bretons, bottes, ciré, capuche. A dire vrai, ce déluge qui se déverse sur Paris l'amuse plutôt, lui qui adore l'eau : nager, plonger, jouer dans les vagues ou dans les torrents de montagne, voilà ce qu'il préfère. En cela il est bien le maître de Naska, chienne de race labrador aussi à l'aise dans l'eau qu'un phoque.

Ils se trouvent sur le quai de la Gare, non loin de la Grande Bibliothèque, jouant à s'éclabousser en sautant dans les flaques. La pluie diluvienne a chassé la plupart des piétons, et des files de voitures, phares allumés, passent sans s'arrêter. Soudain Stan voit Naska se figer, dresser l'oreille, puis filer droit devant elle.

– Naska ! Reviens !

Elle n'écoute pas, comme saisie d'une folle urgence. Stan court derrière elle, la suit jusqu'à une rampe d'accès qui descend sur la berge inondée. Rien ne semble pouvoir arrêter Naska. Inquiet, il la voit se diriger vers la Seine bouillonnante. Il crie, mais trop tard, elle s'est déjà jetée dans l'eau brune du fleuve et lutte contre le courant.

Alors Stan comprend : il y a quelqu'un dans le fleuve. L'instinct de Naska la pousse toujours à plonger pour secourir les gens. Parfois elle se trompe et tente d'aider un excellent nageur en eau calme, mais cette fois-ci, avec la Seine en furie, c'est une autre histoire...

Naska nage courageusement dans le courant, tendue vers une forme obscure. En y regardant à deux fois, Stan distingue un homme; il le voit même agiter le bras. Stan tremble, imagine le pire : Naska essayant de sauver l'inconnu et se noyant avec lui dans les tourbillons boueux… Mais Naska connaît son affaire. Sa tête de phoque est un périscope obstinément braqué sur lui.

Enfin elle arrive à sa hauteur, referme sa mâchoire sur son col et s'efforce de l'entraîner vers la rive. La présence de ce sauveteur inattendu redonne des forces au malheureux, mais le courant est puissant. Plusieurs fois, le cœur serré, Stan voit disparaître sous l'eau la tête noire du chien.

Une sirène de police passe en trombe et s'évanouit. Quelques mètres plus haut, personne ne remarque le drame qui se joue. Haletant, Stan remonte sur le quai pour ne pas les perdre de vue et rejoindre un débarcadère.

En quelques secondes qui paraissent des heures, Naska réussit à tirer l'homme vers la berge. Elle l'approche d'un arbre à demi englouti et le rescapé s'accroche de toutes ses forces à une branche. Il lance un cri étrange. Quelques secondes plus tard, Stan voit s'approcher une longue forme noire sur l'eau du fleuve.

Ça alors, une pirogue ! Quatre rameurs pagayent vigoureusement pour maintenir leur embarcation dans le lit du courant. En les voyant, le rescapé pousse à nouveau un cri guttural et la pirogue pointe vers lui. Naska vient enfin de sortir de l'eau et se secoue en tous sens.

Stan est éberlué : depuis la pirogue on lance habilement une amarre autour d'une branche de l'arbre. Le nageur échange quelques mots avec les nouveaux venus et, s'accrochant au bord de la pirogue, il se laisse déporter vers le débarcadère. Il a une barbe et des cheveux longs. Il sort de l'eau, dégoulinant, épuisé, ne regardant que le chien dont il s'approche en titubant. Il s'accroupit et murmure :

– Merci...

– C'est mon chien, dit Stan intimidé.

– Je ne savais pas que les chiens nageaient aussi bien...

– C'est un labrador.

– Comment s'appelle-t-il ?

– Elle. C'est Naska.

– Eh bien, Naska, tu m'as sauvé la vie. Je m'appelle Clovis...

Il est interrompu par une voiture qui arrive pleins phares sur eux.

Naska grogne. La voiture s'avance doucement, puis s'arrête, les phares braqués sur eux à travers les rideaux de pluie. Un homme en descend. Il porte un chapeau et un imperméable au col relevé. Naska se met à aboyer : Stan sait qu'elle a flairé un danger. Ceux de la pirogue crient :

– Les voilà !

Une lourde angoisse flotte dans l'air déclenchant un début de panique. L'homme barbu tire Stan par la manche.

– Vite ! Monte avec nous, ces types-là sont dangereux !

L'inconnu marche vers eux; Naska s'interpose, montrant les dents. Stan se sent entraîné vers le fleuve, ses bottes en caoutchouc se remplissent d'une eau glacée. Naska devient de plus en plus agressive. Une autre silhouette sort de la voiture. Un homme de petite taille, vêtu de noir comme un samouraï. Il lève un sabre en bois dans la nuit. C'est une vision fantastique.

– Naskaaa !

Stan hurle, mais trop tard. L'arme s'abat sur la chienne, qui bondit pour mordre le bras ennemi. Elle pousse un hurlement aigu et s'échappe, cherchant refuge vers l'eau. Une fois de plus elle plonge dans le courant.

Sans plus hésiter, Stan monte dans la pirogue que Clovis repousse avant de se hisser lui-même à bord. Elle est dangereusement ballottée. Clovis recommande à Stan de ne pas bouger. Les rameurs manœuvrent nerveusement leurs pagaies. Sur la berge, les ennemis braquent des lampes dans leur direction.

Stan tente désespérément d'apercevoir Naska. Il appelle son nom pour l'encourager ; le désespoir perce dans sa voix. Naska est bonne nageuse, mais elle est peut-être blessée.

– Je te promets qu'on va la retrouver, lui dit Clovis.

L'un des quatre rameurs la repère enfin, son museau tendu vers le ciel, réussissant juste à surnager. Avec une habileté d'Indien, ils actionnent leurs pagaies pour se rapprocher d'elle. Stan voudrait se pencher mais Clovis l'en empêche.

– Si tu te penches tu risques de nous faire tous chavirer.

Stan obéit d'instinct, car il a pratiqué le canoë-kayak. Dès qu'il se trouve à la hauteur de Naska, Clovis l'empoigne sous les pattes de devant. La pirogue roule dangereusement sur elle-même mais les rameurs la redressent. La tête du labrador est à portée de main de Stan qui se retourne prudemment pour la caresser, la rassurer.

Clovis la tient toujours fermement, à demi sortie de l'eau. Elle semble épuisée mais calme.

– Je ne peux pas prendre le risque de la monter à bord, mais ne t'inquiète pas, on arrive bientôt.

Alors Stan lève la tête, et la réalité, incroyable, lui revient de plein fouet : il se trouve sur la Seine, en plein Paris, à bord d'une pirogue, fuyant des ennemis redoutables ! Il entend le souffle des rameurs qui jouent de leurs muscles pour naviguer au mieux, il devine leurs épaules musclées ; leurs longs cheveux sont collés par la pluie…

Derrière eux, l'ombre massive de la Grande Bibliothèque, de l'autre côté le ministère des Finances avec son architecture de science-fiction plongeant dans la Seine, la pyramide verte de Bercy ; plus loin devant, la vieille arche métallique du pont d'Austerlitz sur lequel passe un métro, serpent de lumière fen-

dant la nuit et la pluie. Et sur les quais, là-bas, les phares anonymes des voitures.

Naska paraît en confiance. Les quatre rameurs silencieux dirigent la pirogue vers la base du pont d'Austerlitz. Quelqu'un les attend là-bas. Il faut agir vite à cause du courant. Agrippée aux structures métalliques, une mince silhouette leur lance une amarre. L'un des hommes la saisit tandis que les autres pagayent dur pour faire demi-tour sans chavirer et se retrouver face au courant. Il ne reste plus qu'à tirer sur l'amarre pour accoster contre la pile du pont; aucun mot n'est échangé. Stan découvre que la silhouette est une jeune fille aux cheveux roux.

Ils débarquent un par un, prenant garde de ne pas déséquilibrer l'embarcation. Clovis aide le Tatoué à hisser Naska hors de l'eau. Ici ils sont à l'abri du déluge qui n'en finit pas de crépiter. Les poutrelles permettent de se déplacer sans trop de difficulté. Le Tatoué, tout en muscles, tient Naska dans ses bras.

– Qu'est-ce-qu'on va faire maintenant ? demande Stan inquiet.

Clovis lui lance un regard rassurant et fait signe de ne pas parler pour l'instant. Ils suivent un trajet qu'ils semblent bien connaître.

Stan ne quitte pas Naska des yeux. Elle est d'une incroyable docilité entre les bras de l'homme qui réussit l'exploit de marcher en équilibre tout en la portant.

Ils parviennent devant une ouverture grillagée. La jeune fille a une clef. Elle ouvre la serrure avant de se pencher pour entrer. Un homme la suit. Stan a un coup au cœur : ils veulent le faire rentrer là-dedans, lui et Naska ? Pas question... Percevant son trouble, Clovis lui pose une main sur l'épaule et chuchote :

– Ne crains rien. Comment t'appelles-tu, jeune homme ?

– Stanislas... Enfin, on m'appelle Stan.

– Ecoute Stan, ton chien m'a sauvé la vie. On va s'occuper de lui.

– Mais... où... ?

Stan désigne l'entrée obscure.

– C'est un passage secret qui mène chez nous. Ne t'inquiète pas, tu es en sécurité, je te le promets. Regarde ton chien, il nous fait confiance.

Naska se laisse porter et regarde Stan avec de grands yeux calmes. La jeune fille rousse lui adresse un mouvement de tête, comme pour dire : « Allez, viens ! » Ses yeux brillent dans la nuit. Ravalant sa peur, Stan se résigne à les suivre.

Ils parcourent un dédale de couloirs souterrains sans dire un mot. La jeune fille ouvre la marche avec une lampe et possède un grand trousseau de clefs lui permettant de déverrouiller les portes, une vieille porte en bois, une porte blindée... Parfois un métro passe au-dessus d'eux dans un vacarme d'enfer, faisant vibrer le sol.

Ils traversent des caves désaffectées où règnent des odeurs de moisi. Une fois de plus la jeune fille fait jouer ses clefs et les voilà dans une cave encombrée d'objets hétéroclites, dont un vieux réfrigérateur de grande taille, sale et déglingué. Lui aussi est fermé à clef, et lorsqu'elle le déverrouille, Stan comprend qu'il s'agit d'un passage secret !

Il ne peut s'empêcher de songer qu'il est à la merci de ces inconnus et que s'il disparaissait, personne ne les retrouverait jamais, ni lui ni Naska. Pourtant il n'a pas vraiment peur. S'il y avait du danger, Naska le sentirait sûrement. Il suit donc le petit cortège qui pénètre à l'intérieur du réfrigérateur, d'où part un nouvel escalier, descendant plus profond encore...

En bas des marches ils débouchent dans une vaste carrière où brillent des petits feux. Stan retient son souffle. Il ne comprend plus rien. Dans la lueur d'une torche, il croit distinguer une tente, puis une autre. Elles ont des formes de tipis... Tout autour, des gens qui s'agitent à leur approche.

Stan aurait-il changé de réalité ? Tout cela n'est-il qu'un rêve sorti des romans fantastiques qu'il aime tant lire ? Mais la femme qui s'approche est bien réelle ; c'est avec passion qu'elle prend Clovis dans ses bras :

– J'ai cru qu'ils t'avaient tué !

– J'ai failli me noyer, mais j'ai été sauvé...

Clovis se tourne vers Naska tandis que le Tatoué la dépose par terre, près d'un petit feu.

Là, les amis de Clovis ont installé un campement de fortune. Stan distingue un véritable bric-à-brac, des tapis sur le sol, des lanternes, des caisses, des sacs... On se croirait chez les Touaregs du désert.

Naska est couchée près du feu sur un petit tapis rouge qui semble fait sur mesure. Stan s'agenouille et la caresse. Clovis explique à la femme que c'est Naska qui l'a sauvé.

– Elle ? dit-elle au comble de l'étonnement.

– C'est une labrador, intervient Stan, elle ne peut pas s'empêcher de sauver les gens !

– J'ai dû les amener ici tous les deux, continue Clovis. La Taupe et ses hommes sont à nos trousses ; de plus, le chien s'est pris un méchant coup.

Naska gémit, on dirait qu'elle ne peut plus bouger, qu'elle est paralysée. Stan la caresse. La femme s'agenouille près d'eux :

– Comment s'appelle ton chien ?

– Naska, répond Stan. C'est le petit nom d'un grand fleuve du Labrador, le Naskaupi...

Tout en écoutant, la femme passe doucement ses mains sur le corps de la chienne. Elle ne la caresse pas, mais semble plutôt la palper en divers endroits. Ses doigts s'attardent autour de la nuque et elle paraît soucieuse.

– Hmm... Il y a quelque chose de déplacé...

– Qu'est-ce-qu'elle a ?

Stan est soudain soucieux.

– Ne t'inquiète pas, intervient Clovis, Selma a des mains qui guérissent.

La femme s'est tue, cherchant quelque chose de très précis du bout des doigts. Naska se laisse faire. Stan regarde Selma avec un mélange de respect et de crainte; elle semble sortie du temps de Merlin l'Enchanteur, tranquille et mystérieuse. Clovis sent que Stan est déboussolé, il pose la main sur son épaule pour l'inciter à parler de Naska :

– Est-ce que Naska a sauvé beaucoup d'autres personnes avant moi ?

– Euh... oui, et souvent malgré elles ! Le premier été, on l'avait emmenée au bord de la mer. Il y avait plein de baigneurs, elle devenait folle, elle se jetait à l'eau et voulait sauver tout le monde... Finalement on a passé l'été à la montagne rien qu'à cause d'elle...

Stan prend délicatement la patte de la chienne qui se laisse faire, et écarte ses griffes pour montrer la petite membrane de peau rose :

– La preuve qu'ils adorent l'eau, c'est qu'ils ont même les pattes palmées !

Selma respire profondément puis ferme les yeux. Toute son énergie est concentrée dans ses mains, ses doigts bougent légèrement autour de la nuque de Naska immobile et lisent le contour des os. Avec la lumière du feu se reflétant sur son visage, cette femme paraît irréelle, comme sortie d'un conte de sorcellerie.

D'un seul coup elle accomplit un geste brusque et précis sur le cou du chien. Naska pousse un glapissement et bondit littéralement sur ses pattes. Une fois debout elle s'ébroue pour chasser l'eau de ses poils, aspergeant ceux qui se trouvent à proximité.

– Eh bien, on dirait que ça va mieux ! lance Clovis, une fois de plus admiratif de son talent de guérisseuse.

– Stan, je te présente ma compagne, Selma, et ma fille, Cléo.

C'est la jeune fille aux cheveux roux qui a ouvert tant de serrures. Stan regarde autour de lui. Clovis remarque qu'il tremble de froid et lui frictionne un instant la colonne vertébrale. Une vague de chaleur monte le long de son dos.

– Et toi, Stan, ça va ? Pas trop secoué ?

– Euh, non, mais... où est-on ici ?

– Quelque part sous le zoo du Jardin des Plantes.

– Mais... et vous... ?

– Nous... c'est une longue histoire...

– Vous êtes qui ? demande timidement Stan.

– Nous sommes un peu comme des Indiens, lui répond Clovis.

– Des Indiens ? A Paris ?

– Les premiers Parisiens vivaient comme des Indiens, tu sais, et ce sont eux qui ont fondé la ville... Mais dis-moi : tes parents ne risquent-ils pas de s'inquiéter ?

– Mes parents... ? Stan revient à la réalité et hausse les épaules. Bof, ils ne sont jamais là. Et puis ils savent qu'avec Naska je suis en sécurité. Mais bon... il vaut mieux qu'on rentre...

Il est interrompu par l'arrivée d'un jeune homme essoufflé qui, à l'évidence, vient de courir sur une longue distance. Se dirigeant vers Clovis, il dit :

– Ça y est, cette fois l'eau commence à entrer dans la Réserve à grain.

– Alors il faut foncer là-bas et tout déplacer...

Il y a une mobilisation autour de lui. Avant de donner ses ordres, Clovis fait venir Cléo près de Stan :

– Cléo, tu vas ramener Stan et Naska à la surface. Excuse-moi, Stan, je n'ai pas le temps de t'expliquer, on a de gros problèmes avec les inondations. Cléo va s'occuper de toi.

Naska semble avoir compris le message ; elle vient près d'eux, tout à fait remise, et remue la queue.

– Une fois encore, merci à vous deux, ajoute Clovis un brin solennel. Je vous dois beaucoup ; j'espère que nous nous reverrons... Au fait, Stan, une dernière chose : en t'amenant ici, je t'ai accordé ma confiance, mais sache que nous sommes fragiles. Tu as vu que nos ennemis sont dangereux. Notre seul moyen de survie, c'est le secret. Alors... Il pose son index en travers de ses lèvres barbues et moustachues : motus !

Avant que Stan ait le temps de répondre, Cléo l'entraîne vers un couloir où pend une faible ampoule. Naska suit en reniflant.

Cléo éclaire le chemin avec une lampe torche. A chaque pas on entend son trousseau de clefs, léger tintement de clochettes. Ils remontent des escaliers, débouchent enfin devant une lourde porte métallique. Cléo tend la lampe à Stan tandis qu'elle touche la serrure du doigt. Se saisissant d'une mince tige de fer plate, elle l'introduit de façon experte dans la serrure qui ne résiste pas longtemps.

– Tu peux ouvrir toutes les portes ?

– Toutes, peut-être pas. Mais ce n'est pas pour rien que je m'appelle « Cléo » !

– C'est à cause des clefs ?

Pour toute réponse, elle lui sourit. Avec ses longs cheveux cuivrés et ses grands yeux sombres, elle a quelque chose d'une sauvageonne. Elle fait jouer la serrure et ouvre la porte qui donne sur une vaste canalisation où coule un filet d'eau. Naska est la première à y patauger, lapant l'eau avec sa langue rose. Stan veut l'empêcher de boire, craignant qu'elle soit polluée.

– Ne t'inquiète pas, réplique Cléo, cette eau-là est propre.

– Comment le sais-tu ?

– Parce que je sais d'où elle vient.

– Tu passes souvent par ici ?

– Oui...

– Il n'y a pas un chemin plus pratique ?

– Je vais te montrer quelque chose, suis-moi.

Elle bifurque dans un mince boyau métallique d'où coule une eau qui sent bon la terre et les plantes. Naska paraît ravie par la balade et renifle bruyamment. Ils arrivent près d'un enchevêtrement de tuyauteries et de robinets. Cléo va droit sur un gros robinet rouge et le tourne. Plus loin, le bruit d'eau s'arrête. Elle lui fait signe de la suivre sans bruit. Ils marchent d'un pas prudent le long d'un conduit humide, couvert d'une mousse glissante. Au bout, Cléo pousse une lourde grille métallique. On voit qu'elle a l'habitude.

Ils débouchent alors dans un espace incroyablement vaste où il fait doux, où il ne pleut pas, et qui sent la jungle à plein nez. Stan lève les yeux sans comprendre : deux palmiers se découpent sur une vaste verrière transparente, laissant voir le ciel nocturne, sous le dôme d'un gigantesque jardin d'hiver.

– Il faut dire à ton chien d'être très sage ici. Qu'il ne fasse pas le moindre bruit et ne laisse aucune trace, chuchote Cléo.

– On est où ?

– Dans la grande serre du Jardin des Plantes, répond-elle en souriant, très fière d'elle-même. Je viens parfois ici, la nuit. Tu vois, j'arrête l'eau de cette petite cascade pour passer sans me mouiller.

Stan regarde, émerveillé. Il pourrait se croire dans la forêt vierge, ses narines sont submergées d'odeurs ; il fait tiède et humide à souhait. Ils se tiennent près d'un petit bassin en faux rochers, entouré de mousses et de fougères. Dehors il pleut à torrents, mais ici on est sur une autre planète. Stan respire à fond et voudrait escalader le rocher pour se rouler dans les mousses.

Cléo le retient :

– Attention, tu risques d'écraser les orchidées ! Viens...

Elle bondit sur une petite allée en ciment qui forme une ligne claire et sinueuse dans l'obscurité.

Vers le fond de la grande serre, une autre cascade coule avec un bruit agréable. Tandis que Naska boit de l'eau, Cléo indique un banc de pierre à Stan :

– Ici nous pouvons parler sans risque d'être entendus.

Stan se sent tout drôle. Les yeux de Cléo luisent dans la pénombre, tels ceux d'un tigre.

– Et toi, Stan, tu vis où ?

– Moi ? Oh, dans un petit appartement au fond d'une impasse. Heureusement, il y a un bout de jardin. Mais toi ? Où habites-tu ?

– En ce moment c'est spécial, vois-tu, à cause de la pluie. Il y a un vieil homme chez nous, Ulric... Lui et son ami Léopold pensent que la pluie peut durer quarante jours...

– Comme dans le déluge de la Bible ?

– Oui. Et pour nous ce serait la catastrophe. Tu ne peux pas comprendre... Il y a tellement de choses dans le sous-sol...

– Tu ne vas pas me dire que vous vivez dans des caves, quand même ?

– Bien sûr que non ! Ça dépend un peu des saisons, répond Cléo en souriant. Je ne peux pas te dire... Et puis il n'y a pas de temps à perdre : il faut déplacer des tas de choses d'un endroit à l'autre, c'est compliqué. Ils vont avoir besoin de moi pour ouvrir des portes, dit-elle en faisant tinter son trousseau de clefs.

– Es-tu une sorte de cambrioleuse ?

– Mais non ! Remarque, je pourrais si je voulais...

– Et qui sont ces gens qui vous veulent du mal ?

Ils sont interrompus par les cris de Naska. Stan bondit sur ses pieds. La chienne arrive en poussant des gémissements pitoyables. Cléo l'éclaire avec sa lampe-torche. Des épines sont plantées sur sa truffe.

– Elle est allée flairer de trop près le jardin aux cactus ! s'exclame Cléo. Vite, il faut partir d'ici avant que des gardiens n'arrivent.

Ils reprennent le chemin par où ils sont venus ; Naska les suit en pleurnichant. Cléo remet la grille en place et ils filent.

Elle se dirige avec aisance dans le labyrinthe souterrain. Ils s'arrêtent un instant dans un recoin. Cléo éclaire le museau du chien tout en lui caressant la tête, tandis que Stan retire les piquants de cactus un à un.

Elle désigne un escalier et le grimpe la première, de façon à pouvoir déverrouiller la porte qui se trouve à son sommet. D'un seul coup les voilà sous la pluie battante, dans une cour des bâtiments scientifiques du Jardin des Plantes. Les graviers crissent sous leurs pieds. Ils franchissent enfin la porte donnant sur une longue rue étroite bordée de murs.

– Voilà, tu es rue Cuvier, dit Cléo. En bas, tu retombes sur le pont d'Austerlitz et la Seine... Où habites-tu ?

– Près du marché d'Aligre, tu connais ?

– C'est pas tout près !

– Ça va, Naska et moi on aime marcher.

– Bon. Je te laisse. Il faut que je me dépêche.

– Mais... il n'y a pas un endroit où je peux vous contacter ?

– Ecoute... normalement non. Mais si tu veux me faire passer un message, tu peux toujours laisser un mot sous le banc de pierre de la grande serre. J'y vais souvent et...

Cléo sursaute, comme frappée par la foudre :

– Oh là là ! J'ai oublié de rouvrir le robinet de la cascade ! Pourvu que les gardiens ne s'en aperçoivent pas ! Il faut que j'y retourne tout de suite !

Ses mains fines serrent fort le poignet de Stan, et elle fait aussitôt demi-tour. Il entend une fois encore tinter ses clefs ; une porte se referme. Stan se retrouve sous la pluie, abasourdi par tout ce qui vient de lui arriver.

Naska descend la rue en reniflant, le guidant vers la maison, remuant la queue comme si rien ne s'était produit. Il la suit vers la Seine, la tête fourmillant de questions, les poings enfoncés dans les poches de son ciré, trempé, transi, mais ébloui par les yeux de Cléo.

Plus tard, seul dans sa chambre, Stan déploie un plan de Paris sur son bureau et se met à tracer au crayon l'itinéraire qu'il pense avoir suivi sous le Jardin des Plantes. Ses parents, rentrés après lui, ne se doutent de rien. Il a mis ses affaires à sécher et s'est enfermé dans sa chambre, prétextant un contrôle à réviser pour le lendemain. En fait de contrôle, il ne cesse de repenser à tout ce qu'il vient de vivre, et dont il ne peut parler à personne, hormis à Naska, bien sûr.

Petit à petit, Stan est assailli de doutes : tout cela n'est-il qu'un rêve ? L'homme qui se noyait, la pirogue, le pont d'Austerlitz, le passage secret dans la cave, cette tribu souterraine, le petit feu, les mains de Selma, le tintement des clefs de Cléo, la serre du Jardin des Plantes... Pourrait-il avoir imaginé tout cela ? Impossible... Et pourtant chaque minute qui passe l'éloigne un peu plus de ces moments intenses qu'il vient de vivre. Il est désemparé de n'avoir aucune preuve matérielle de cette aventure incroyable, et triste à l'idée qu'il ne reverra peut-être plus jamais Cléo.

La porte s'ouvre. C'est son père, les yeux plissés derrière ses lunettes ; il tient entre le pouce et l'index quelque chose de presque invisible :

– Dis-moi Stan, j'ai trouvé ça planté dans la babine de cette pauvre Naska qui pleurniche depuis une demi-heure. Qu'est-ce-que c'est à ton avis ?

Stan bondit sur sa chaise et s'approche pour voir de plus près. Il est submergé par un sentiment de joie :

– C'est un piquant de cactus !

– De cactus ? demande son père incrédule.

Stan le prend précautionneusement des doigts de son père et regarde le petit piquant comme s'il s'agissait d'une pierre précieuse.

– Mais c'est génial !

Ainsi donc, il n'a pas rêvé...

– Franchement je ne vois pas ce qu'il y a de génial à ce que cette pauvre chienne se pique sur un cactus ! réplique son père en le regardant avec des yeux ronds.

– Je peux le garder, s'il te plaît ? demande Stan en le tenant tout près de ses yeux brillants de joie.

Pour toute réponse son père hausse les épaules et referme la porte.

LA TAUPE A FAIT DESCENDRE ONÉSIME DANS SON BUNKER SOUTERRAIN, AU HUITIÈME SOUS-SOL d'un grand parking du cœur de la capitale. De là, le puissant homme règne sur son petit empire.

– Raconte-moi exactement ce qui s'est passé tout à l'heure sur les quais, demande-t-il à Onésime. Comment Clovis a-t-il pu t'échapper une fois de plus ?

Sur l'imperméable d'Onésime, quelques gouttes de pluie restent accrochées. Il fait un récit détaillé des événements, depuis le moment où Clovis a sauté du haut d'un pont, jusqu'à l'arrivée de la pirogue… La Taupe est songeur :

– Hmm… Ils ont utilisé une pirogue… Ils continuent à se prendre pour des Parisii. C'est un peu grotesque, une pirogue en plein Paris à notre époque, tu ne trouves pas, Onésime ? Mais dis-moi, je n'ai pas bien compris cette histoire de chien et de gamin...

– A mon avis, le gamin promenait son chien et ils sont tombés sur Clovis par hasard...

– Ce genre de hasard, répond la Taupe, je n'y crois pas trop. Il faut que tu retrouves d'urgence ce gosse et son chien. C'est peut-être notre meilleure piste pour remonter jusqu'à Clovis.

– Mais comment vais-je retrouver un gamin comme ça dans Paris ?

Les petits yeux de la Taupe se mettent à briller. Un regard qui fait froid dans le dos, accroché sur son visage rond et poupin orné d'un long nez rose. Ses joues sont lisses et glabres. Il n'a plus que quelques cheveux sur le crâne et ses sourcils ne sont qu'une trace de poils épars. La Taupe est puissant, il a fait fortune grâce à la construction de parkings souterrains, et personne ne sait exactement d'où il vient.

– Onésime... Mon petit Onésime, ne me déçois pas. La situation est devenue trop grave... Chaque minute l'eau monte.

La Taupe se rapproche de son second qui s'efforce de ne pas respirer. Une chose qu'il craint plus encore que sa cruauté : son haleine. Jamais il n'a senti pire odeur, où se mêlent des relents de pourriture, de vase des marais, de décomposition animale... La Taupe n'ignore rien de cela et il prend un malin plaisir à souffler son haleine putride au visage de ses interlocuteurs, puis à guetter la moindre expression de dégoût. Penché vers Onésime, il murmure d'une voix chaude :

– Un jeune garçon du quartier accompagné d'un gros chien noir, il ne doit pas y en avoir trente-six mille, non ? Cherche le chien et tu trouveras le gamin. Toi qui aimes tant les chiens...

La Taupe aime se moquer d'Onésime car il est fils de berger, et a passé une bonne partie de son enfance à parcourir les montagnes en compagnie d'Etoile, le chien de troupeau. Un chien qu'il adorait... L'idée qu'Onésime soit passé de l'air pur des montagnes au confinement des parkings souterrains semble particulièrement réjouir la Taupe.

– Il faudrait qu'on se repose un peu, répond prudemment Onésime. Nous sommes debout depuis une quinzaine d'heures à traquer Clovis. Les Jumeaux sont fatigués.

La Taupe soupire et plante ses yeux dans ceux d'Onésime :

– Je crois que tu ne comprends pas la situation, mon petit Onésime, mais... il pleut ! Et chaque goutte compte.

– Vous pensez si je le sais, je suis trempé jusqu'aux os...

– L'eau est une menace pour moi, mais pas seulement pour moi : elle va pénétrer dans les sous-sols et les rats vont sortir de leur trou, tu comprends ? Clovis et les siens doivent être aux abois. Je les imagine portant leurs ballots et leurs paniers à travers les galeries, tels des cloportes... Mais ils savent où aller, car Clovis est le Gardien de la Carte. Et cette carte m'appartient... Voilà pourquoi il faut les traquer jour et nuit, Onésime !

Ce dernier sait qu'il est inutile de discuter. La haine que la Taupe voue à Clovis n'est pas naturelle. Il se contente de hocher la tête. L'entretien est fini. Il se dirige vers la porte. Au dernier moment, moqueur, la Taupe lance :

– Hé, Onésime ! n'oublie pas de respirer, toi qui es un homme des montagnes !

Onésime ne réagit pas et ferme doucement la porte derrière lui. Il traverse l'étage de parking en saluant les gardes et rejoint ses deux acolytes qui l'attendent dans la voiture, des jumeaux d'origine japonaise avec lesquels il travaille depuis des années :

– Mauvaise nouvelle, on repart en chasse !

Les Jumeaux se mettent à protester. Sans les écouter, Onésime démarre et remonte les rampes, laissant derrière lui le petit empire souterrain de la Taupe, un empire menacé par la montée des eaux.

Derrière, les Jumeaux font la grimace dans le rétroviseur. Onésime ne se formalise plus de leurs réactions ; Tao et Haïku sont vraiment de curieux personnages, mais sur le terrain ils n'ont pas leur égal. Haïku est poète et guerrier. Son sabre est plus tranchant qu'une lame de rasoir, et il a le talent d'improviser des « haïkus », petits poèmes de trois lignes, dans les moments les plus inattendus. Tao est un artiste des explosifs, capable de faire sauter une porte ou un pont avec une précision millimétrique.

Tandis qu'ils remontent du huitième niveau vers la surface de Paris, Onésime est songeur, essayant pour la première fois d'imaginer les eaux de la Seine en crue envahissant ces sous-sols...

Une grosse grande vague déferlerait en colimaçon vers le bunker souterrain de la Taupe...

Au même moment, ailleurs sous terre, Clovis se faufile dans une galerie souterraine. Il est seul et se déplace sur un parcours qu'il connaît bien, il s'arrête, reprend son souffle, écoute. Il entend le bourdonnement familier et sourit dans le noir.

Se dirigeant au toucher, il grimpe le long d'une paroi dont il connaît les moindres aspérités, et se hisse sur une plateforme de pierre légèrement éclairée par une petite ouverture ménagée dans la voûte. Odeur de miel. Les abeilles l'accueillent en se posant sur lui. Elles ne le piqueront pas, elles l'ont reconnu. Il vient chercher la Carte. Ces abeilles sont ses amies, les vraies gardiennes de la Carte. Il est le seul à pouvoir s'approcher sans être piqué.

Le cœur battant il fait glisser la roche obstruant la petite niche et y plonge la main. Le parchemin est là, enveloppé dans son carquois de cuir, long rouleau à l'odeur familière. Le contact est magique. Cet objet vient de si loin dans le passé, il a été touché, travaillé par tant de mains au fil des générations...

Clovis repart le long d'un labyrinthe souterrain, silencieux comme un chat, emportant la précieuse carte et songeant à la Taupe, tapi dans son parking, essayant par tous les moyens de mettre la main sur le parchemin. Une vieille histoire...

Un peu plus tard il pénètre dans la carrière où sont installées les tentes. Tous le regardent s'avancer, la Carte sous le bras. Il s'engouffre dans la grande tente où sont réunis d'autres membres du clan. Sans perdre de temps, Clovis déroule le document sur un tapis. Tout le monde est assis sur le sol, agenouillé ou accroupi. On dirait qu'ils se prosternent devant un objet de culte.

A première vue le parchemin est incompréhensible; c'est un enchevêtrement de lignes, de signes, de symboles, de chiffres, de circuits, de mots, formant une véritable rosace, un impénétrable labyrinthe.

Clovis est le seul à pouvoir la lire, car une partie des données est codée. C'est à lui que fut confiée la Carte, le jour de ses seize ans. A l'époque, la Taupe partageait leur vie semi-souterraine. Du même âge que Clovis, il s'appelait alors Tristan. C'est à lui qu'aurait dû revenir la garde de la Carte, mais le Conseil des Sages en avait décidé autrement...

Cette carte secrète du sous-sol parisien a été élaborée de génération en génération, par les descendants des premiers habitants de la cité. Elle se transmet en même temps que le secret du code. Chaque Gardien s'efforce de la tenir à jour, ajoutant sans cesse de nouvelles indications. A ceux qui savent la lire elle donne accès à des passages secrets, des cryptes ancestrales, des sources inconnues...

Mal employée, elle peut permettre d'accéder aux points névralgiques de la cité, d'empoisonner l'eau, de piller des chambres fortes, d'intercepter des communications ou des données informatiques...

Quatre lanternes sont posées aux quatre coins du parchemin pour l'éclairer et l'empêcher de s'enrouler sur elle-même. Un vieil homme décharné, accroupi devant la Carte, allume sa pipe. Clovis fronce les sourcils :

– S'il te plaît Ulric, je t'ai déjà demandé de ne pas fumer près de la Carte...

– Allez allez, ne me fais pas la leçon. La première fois que je me suis penché sur la Carte, ta mère n'était pas encore née !

– Essaye au moins de souffler la fumée vers le haut... Bon...

Clovis a posé son index sur un endroit précis où s'entrecroisent diverses lignes : la Réserve. Son doigt se déplace maintenant le long d'un tracé invisible aux autres : l'eau doit s'infiltrer par là, dans cette galerie en pente... Tous se penchent, écoutent, posent des questions, font des commentaires :

– Alors il faut déménager le contenu de la Réserve ?

– On va encore se casser le dos à transporter des sacs dans des galeries tordues ?

– Et les chats ?

– Mais où va-t-on stocker tout ça pour être à l'abri ?

– J'ai pensé à un endroit, répond Clovis.

Son doigt s'est arrêté sur un point marqué d'un cercle jaune.

– A la Source ? demande Ulric étonné.

– On y sera en sécurité.

– Et bien au chaud ! plaisante une femme.

– Mais c'est de la folie, proteste un jeune homme. Si ça se trouve, la pluie va s'arrêter demain et on aura fait tout ça pour rien !

Clovis se tourne vers Ulric :

– Ulric, si tu demandais à Léopold ses prévisions météo ?

Le vieil homme ne se le fait pas dire deux fois. Il pousse un léger sifflement et une forme remue dans la poche de sa veste. En deux secondes un rat au pelage lustré se perche sur l'épaule de son maître. C'est Léopold, le compagnon d'Ulric, un animal parfois doué de pouvoirs divinatoires. Il se dresse sur ses pattes de derrière et observe la scène, les gens réunis, la Carte, les quatre lanternes...

Un curieux silence tombe sur l'assistance. Tous ont appris à respecter la relation occulte qui unit le vieil homme et ce rat hors du commun. Ulric tourne la tête vers l'animal qui lui renifle familièrement le nez.

– Alors, Léopold, qu'en penses-tu ? Tu crois vraiment que ça va être la grande inondation, comme au temps de Childéric ?

Le rat s'agite. Toujours dressé sur ses pattes, il pousse de petits cris aigus, et soudain bondit sur la tête presque chauve d'Ulric, se dressant comme s'il voulait atteindre quelque chose tout en haut...

– Tant d'eau que ça ? demande Ulric.

Le rat s'arrête et redescend sur l'épaule, émettant toujours des sons nasillards qu'Ulric s'efforce d'interpréter :

– Il pleuvra beaucoup et puis tout s'arrêtera d'un seul coup...

Stan vient d'entrer dans le salon où son père regarde le journal télévisé ; on parle justement des inondations. Stan se fige sur place écoutant avec attention le présentateur. Son père s'en étonne :

– Je croyais que les nouvelles ne t'intéressaient pas ?

– Tu crois que l'eau va continuer à monter ? demande Stan.

– Eh bien les météorologues ne sont pas très optimistes, je crois que ce temps de chien va durer... oh, pardon Naska.

La chienne lève une oreille. Elle dort roulée en boule sur son tapis depuis leur retour.

– Tu sais, tant qu'il y a de l'eau Naska est contente, dit Stan en repensant à ce qu'ils viennent de vivre.

– Il paraît qu'en janvier 1910, reprend son père, l'eau de la Seine est montée jusqu'à la gare Saint-Lazare, tu te rends compte ? Bien sûr, aujourd'hui il y a des barrages, mais imagine qu'il y en ait un qui cède, puis un autre, comme un château de cartes... Ça ferait une énorme vague qui déferlerait sur Paris ! Toi qui aimes le surf, tu n'aurais plus qu'à grimper sur ta planche et ramer !

Stan essaye de rire mais n'y réussit pas. Il imagine Cléo et les siens noyés dans les souterrains, emportés par un raz-de-marée.

– Ne fais pas cette tête-là, je disais ça pour rire. Tu n'es pas inquiet, quand même ?

Intrigué, son père appuie discrètement sur la télécommande pour baisser le son.

– Ne te laisse pas démoraliser aussi facilement !

– Non, c'est pas ça... dit Stan, regrettant aussitôt sa réponse.

– Alors c'est quoi ?

Cette fois, son père a carrément coupé le son, et le silence met Stan encore plus mal à l'aise.

– Je... je pensais à tous les animaux, dans leurs terriers, qui risquent d'être noyés.

– Les animaux ? Tu en as de bonnes, toi ! Tu penses toujours aux animaux, c'est bien, mais tu ferais mieux de t'occuper aussi des êtres humains de temps en temps !

Cette remarque a pour effet de renvoyer Stan dans sa chambre. Il aime l'univers de sa chambre avec, à portée de main, tout ce qui le rattache à ses passions. Sur le mur qui fait face à son lit se trouve un collage de photos et de posters. La grande vague d'Hawaii, le « tube » translucide dans le cœur duquel évolue un surfer. Une baleine à bosse bondissant hors de l'eau, et puis des photos de Naska nageant dans la mer, sur une plage des Landes... Un bonheur qui semble déjà si lointain.

Stan est empli de nostalgie ; il a l'impression que tout le ramène à Cléo, qu'il n'arrive plus à la sortir de ses pensées. Se pourrait-il qu'elle soit en danger et qu'il le sente ? Les gardiens de la serre l'auraient-ils surprise lorsqu'elle est retournée ouvrir le robinet de la cascade ? Peut-être se trouve-t-elle dans une galerie à moitié inondée ? Sans parler de ces ennemis prêts à tout qui les ont attaqués...

Tard dans la nuit, il pense encore à elle et à ces hommes étranges qui vivent dans les sous-sols de la ville. Malgré lui, les yeux scrutant le ciel de Paris par la fenêtre, il se surprend à élaborer le plan de la journée du lendemain de façon à essayer de contacter Cléo.

Encore humide, Onésime apprécie un temps de repos à l'abri de la pluie dans sa voiture garée. Sa voiture c'est son quartier général : téléphone, fax, visiophone, ordinateur, Onésime dispose de tout un attirail de communication. Dehors les Jumeaux sont allés écumer le quartier, parler aux cafetiers et aux commerçants pour savoir s'ils ont vu un gamin avec un gros chien noir.

Onésime allume l'ordinateur et commence une laborieuse recherche sur les marchands de chiens. Il est presque sûr qu'il s'agissait d'un labrador... Il repense avec tristesse au passé, lorsqu'il courait sur les prairies en compagnie d'Etoile, un bon vieux bâtard qui n'avait pas son pareil pour regrouper les moutons, toujours à courir joyeusement, allant de l'un à l'autre et revenant à Onésime, langue pendante, pour jouer avec lui...

Aujourd'hui il n'a plus de chien, plus de montagnes. Onésime a de bonnes réserves d'argent, c'est vrai, mais il se demande s'il n'a pas perdu l'essentiel. Sur l'écran de l'ordinateur défile la liste des magasins spécialisés en chiens. Onésime décroche son téléphone et commence une lente vérification.

Ce matin-là, heureusement, Stan a deux heures de piscine avec sa classe. Il aurait été incapable de suivre un cours de maths.

Même en piscine il adore nager. Mais sa vraie passion c'est la mer. Pour lui la vraie vie commence avec les vacances, lorsqu'il peut enfin plonger dans les vagues, surfer ou faire de la plongée ; les cours lui paraissent une longue attente entre ces moments bénis. Bien sûr la piscine n'est qu'un bloc de béton rempli d'eau qui sent le chlore, mais lorsqu'il nage les yeux fermés il retrouve avec bonheur des sensations éprouvées dans la mer. Kim, son ami, lui pince le mollet sous l'eau. Il est originaire de Madagascar et nage aussi très bien. Ils font souvent la course.

– Tu nages comme une banane aujourd'hui, lance Kim avec un sourire éclatant.

– J'ai pas la tête à ça...

– Eh ben, qu'est-ce qui t'arrive ? T'es amoureux ou quoi ?

Ils sont rappelés à l'ordre par le maître-nageur, un homme trapu et moustachu qui aboie pour un rien; les élèves le redoutent. Stan se remet à nager, avec les mots de Kim en écho. Il ne parvient plus à retrouver le visage de Cléo dans sa mémoire.

Au lieu de rentrer déjeuner chez lui, Stan prend la direction de la Seine. Il y a une légère accalmie de la pluie mais le ciel reste menaçant et les cumulus passent à basse altitude. Il traverse le pont d'Austerlitz, le regard perdu dans la Seine en crue, comme s'il espérait apercevoir une longue pirogue fendant l'eau. Puis il entre dans le Jardin des Plantes sans un regard pour la statue de Lamarck et, le cœur battant, se dirige droit vers la grande serre.

Une fois dans la tiédeur tropicale de la serre, il ne remarque plus les touristes, les badauds qui admirent les plantes rares. Il va directement vers le petit banc de pierre où ils se sont assis la nuit précédente. Il attend qu'une grosse dame se relève pour s'y installer à son tour. Peut-être espère-t-il que Cléo va surgir, qu'il va entendre le doux tintement de ses clefs. Il sort un petit carnet et un stylo de sa poche, puis rédige son message :

« J'ai quelque chose à te dire. Donne-moi rendez-vous ou bien téléphone-moi ! »

Il inscrit son numéro, la main un peu tremblante, plie le papier en quatre. Il attend d'être seul et s'accroupit pour cacher son message sous le banc où se trouve une pierre plate qui semble parfaitement indiquée. Il la soulève et sursaute, croyant apercevoir un minuscule serpent argenté. Tendant la main il découvre le bijou : un collier en argent avec un pendentif représentant un ancien bateau stylisé.

Stan pousse une exclamation en reconnaissant le collier qu'il a vu autour du cou de Cléo. D'un seul coup, l'image précise de son visage lui revient en mémoire, ses longs cheveux roux, ses grands yeux étranges qui le regardaient comme au travers d'un miroir. D'un geste vif, il presse ce bijou contre lui, dans son poing. Elle aussi a donc pensé à lui...

Il dépose son message sous la pierre et va s'installer près de la cascade. Un peu à l'écart, dans un recoin tapissé de mousse, il contemple le bijou en le laissant pendre entre ses doigts tel un pendule. Ce bateau... maintenant qu'il le voit de près, il lui semble le reconnaître. Curieux navire en forme de *U* évasé, qui ressemble à une harpe... Stan comprend : c'est le symbole de la ville de Paris ! Les yeux brillants, il le fait tourner devant lui. Tiens, c'est curieux, la proue semble toujours pointer dans la même direction. Sur le moment, cela l'amuse ; le bateau agit telle l'aiguille d'une boussole, sauf qu'il n'indique pas le nord. Si Cléo a abandonné son collier là, ce n'est peut-être pas simplement pour lui adresser un clin d'œil. Il pourrait s'agir d'un message...

Tout l'après-midi Stan est torturé par une nuée de questions. Il serre le bijou dans sa poche et n'écoute guère la leçon d'anglais de Mme Colt. Celle dont les élèves disent qu'elle « tire plus vite que son ombre » ; quand on s'appelle Colt il faut s'attendre à ce genre de plaisanterie. Kim, son voisin, lui donne un discret coup de genou. Elle est en train de le regarder avec agacement.

– *Stan, what are you dreaming about ?*

Stan la fixe avec les yeux ronds. Des élèves commencent à ricaner.

– *Answer me*, reprend Mme Colt sévèrement : *what are you dreaming about ?*

Stan balbutie mais voit bien qu'il faut dire quelque chose :

– Euh... *I dream about a boat*... articule-t-il péniblement.

– *About a boat ?* répéte Mme Colt en singeant son accent. Tu rêves d'un bateau ? Eh bien tu sais, si tu veux un jour être capable de naviguer, il te faudra bien parler anglais !

Les autres se mettent à rire, lui aurait plutôt envie de pleurer...

A la fin des cours, au lieu de rentrer chez lui, il retourne vers le Jardin des Plantes, tout en se sentant coupable car Naska doit l'attendre impatiemment pour sa grande promenade quotidienne. La pluie a repris, créant à nouveau des embouteillages monstres.

Réfugié sous un Abribus, Stan contemple le bijou de Cléo. Le navire indique obstinément la même direction. Stan est convaincu qu'en suivant cette direction il finira par retrouver Cléo. Mais par où commencer? Il ne peut s'empêcher de retourner une fois encore à la grande serre. Tremblant d'émotion il va voir sous le banc de pierre. Déception : le petit mot se trouve toujours là.

Les gardiens passent parmi les visiteurs pour les informer que la serre va fermer ses portes et qu'il faut sortir. Alors Stan est parcouru d'une violente vague d'excitation, car il sait ce qui lui reste à faire. N'est-ce pas la meilleure façon de retrouver Cléo?

Il fait semblant de se diriger vers la sortie, puis tourne discrètement dans un étroit sentier menant aux buissons. Personne ne le voit. Il s'assied discrètement derrière l'épaisse végétation et attend que la serre se vide et ferme ses portes.

Ce n'est qu'au bout d'un quart d'heure qu'il prend conscience de sa folie. Il reste encore un ou deux gardiens qui traînent. Ils discutent à voix basse; Stan peut sentir l'odeur de leurs cigarettes, pourtant interdites en ces lieux. S'il est pris maintenant il risque gros, on appellera sûrement la police. Mais combien de temps devra-t-il rester terré avant de pouvoir bouger? Peut-être des jardiniers vont-ils arriver pour travailler dans la serre pendant deux ou trois heures ? Que se passera-t-il si ses parents rentrent et ne le trouvent pas, alors que Naska est toujours enfermée à la maison ? Et s'il est pris d'une crise d'éternuement ?

Enfin, les gardiens disparaissent. Stan se relève tout doucement, des crampes dans les jambes. Une fois convaincu qu'il est seul, il se dirige vers la cascade. Mais il y a un problème : comment couper l'eau de l'extérieur ? Il regarde autour de lui, aucun tuyau, aucun robinet n'est visible. Il n'a pas le temps de finasser, il faut faire vite. Au moins son ciré et ses bottes limiteront les dégâts.

Sans se préoccuper de l'eau qui l'éclabousse, il entreprend de déplacer la grille d'évacuation d'eau. Le souffle court, il s'engage dans le conduit, recevant en pleine figure les gerbes d'eau de la cascade. Il frissonne lorsque de l'eau glacée coule contre la peau de son dos ; malgré cela, il prend le temps de remettre la grille en place pour ne pas laisser de traces. Le voilà dans la pénombre du tunnel, et bien entendu il n'a pas de lampe de poche sur lui. Croyant reconnaître le trajet parcouru avec Cléo, il bifurque dans une galerie obscure, puis une autre, et se retrouve... dans le noir complet.

Stan s'immobilise, guettant le moindre bruit. On n'entend qu'un ruissellement tout proche et parfois le grondement sourd du métro. D'un seul coup, tout son plan s'effondre. Faut-il qu'il soit fou pour avoir tenté pareille aventure sans la moindre préparation ! Ses chances de retrouver son chemin dans ce labyrinthe sont probablement égales à zéro ! Il ne lui reste plus qu'à remonter dans la serre et à sortir sans se faire remarquer. Pour tout arranger, il est complètement trempé et commence à grelotter.

Stan fait demi-tour en trébuchant sur des irrégularités du sol et se dirige comme il le peut vers la serre, se laissant guider par le bruit d'un ruissellement qu'il pense être celui de la cascade. Tiens, c'est bizarre, cette eau-là ne sent pas très bon. Une faible lueur ! C'est une lampe coincée entre des câbles électriques ; Stan peut se rendre compte que l'eau est marron. Mais alors... Il a fait fausse route, il ne s'agit pas de la canalisation menant à la serre, mais plutôt d'un égout ! Un début de panique s'empare de lui. Allons allons, Stan, mon gaillard, lui aurait dit son grand-père chasseur, c'est le moment où jamais de faire preuve de sang-froid ; si tu ne peux pas utiliser tes yeux, ouvre grand tes oreilles.

Stan écoute le moindre son, s'efforce de calmer sa respiration. Au-dessus de lui, un puits d'où partent des échelons métalliques. Il n'est pas passé par là avec Cléo, mais cette échelle qui monte l'inspire. Il y grimpe plein d'espoir à l'idée de regagner la surface et de retrouver l'air libre.

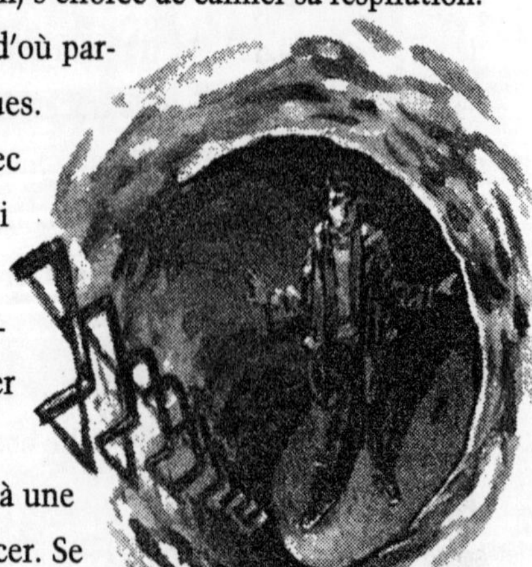

Tout en haut il se heurte à une grille qu'il a du mal à déplacer. Se hissant hors du puits, il se retrouve à l'embranchement faiblement éclairé de quatre galeries. Stan a un coup de vertige. Il n'aime pas l'idée de retourner en arrière, plus bas, dans les ténèbres, mais à partir d'ici, quelle galerie prendre ?

Découragé, il s'assied en soupirant sur un vieux bidon qui traîne. Lequel des quatre chemins est le bon ? Cela lui donnerait presque envie de rire : on dirait une énigme, comme dans un jeu vidéo où le héros bondit de souterrain en souterrain, plonge dans des puits, tombe dans des oubliettes, constamment attaqué par des monstres et des chauves-souris, obligé à chaque fois de découvrir de nouveaux passages secrets.

– Tu parles d'un héros ! dit-il à haute voix pour se redonner du courage. Evidemment, les héros des jeux vidéo ont plusieurs « vies », et moi je n'ai même pas une lampe de poche !

En disant cela il a une intuition. Sa main se referme sur le petit bijou de Cléo, dans sa poche. Il le laisse se balancer devant ses yeux. L'argent du petit bateau brille d'un éclat particulier, comme s'il diffusait lui-même de la lumière.

Le pendentif tournoie un peu puis se met à indiquer une direction qui correspond à l'une des quatre galeries. Cléo pouvait-elle avoir prévu qu'il chercherait à la rejoindre ? Lui a-t-elle laissé ce précieux collier pour qu'il ne se perde pas ? En tout cas il n'y a plus à hésiter, il repart en suivant la direction indiquée par le bateau.

LE VISAGE MALFAISANT DE LA TAUPE APPARAÎT SUR LE PETIT ÉCRAN DU VISIOPHONE dans la voiture d'Onésime. Ses yeux sans sourcils scrutent les alentours.

– J'allais justement vous appeler, dit Onésime. J'ai réussi à localiser le quartier où vit le gamin. C'est près du marché d'Aligre, dans le XIIe arrondissement. Je pense trouver son adresse rapidement.

– Fais vite, Onésime... Chaque minute l'eau monte un peu plus, la Seine inonde mes parkings...

– Je fais le maximum, mais je ne peux pas arrêter la pluie!

– Je ne te le demande pas, répond sèchement la Taupe. Contente-toi de retrouver la trace de Clovis, et tu verras que nos ennuis disparaîtront.

Tout en raccrochant, Onésime marmonne:

– Il en a de bonnes, la Taupe, terré dans son bunker de luxe, donnant des ordres sans se mouiller…

Les Jumeaux s'engouffrent à l'arrière, trempés, épuisés :

– Rien ! Rien du tout ! J'en ai plus que marre ! dit Tao.

– De la pluie, de la pluie…

– Et pas l'ombre
D'une grenouille
Pour consoler mon âme ! lance Haïku en soupirant.

Onésime démarre et se dirige vers la place d'Aligre. Il longe les quais. La Seine charrie toutes sortes de débris dans ses eaux boueuses. Au milieu des embouteillages, les sirènes des pompiers. Tao et Haïku ne résistent pas à la chaleur ni au bercement de la voiture : épuisés, ils s'endorment comme deux enfants sur la banquette arrière, dans leurs imperméables trempés.

Un peu plus tard Onésime se gare près de la place d'Aligre, devant des commerces ouverts. Là, quelqu'un saura peut-être où habite le gamin. Il empoche une liasse de billets, se coiffe de son chapeau et sort du confort de la voiture pour se retrouver sous la pluie.

Lorsque Stan entend des voix provenant d'un tunnel, il est si surpris qu'il trébuche et tombe lourdement ; son cri de douleur se répercute au loin. Il s'est fait mal au coude, mais son instinct lui dit de s'immobiliser, de ne plus faire le moindre bruit.

Les voix chuchotent. Il distingue des mots ; les intonations sont dures. Peut-être sont-ils des amis de Cléo, mais peut-être pas ?

– Tu as entendu ? On dirait qu'il y a quelqu'un !

Il devine un bruit de pas, quelque part sur sa droite. Impossible de dire d'où cela vient exactement. Un rai de lumière apparaît. Avec le moins de bruit possible, Stan se tasse contre le mur pour se faire tout petit. Ils sont deux. Ça y est, Stan voit le halo des lampes ; impossible de leur échapper.

L'un des deux pousse un juron en le découvrant. Une lampe fouille les environs, tandis que l'autre semble maintenir Stan au sol, comme s'il maniait un faisceau laser. Ce sont des lampes frontales qui l'éblouissent.

– Non mais vise-moi ça, Max, on trouve de tout dans ces satanés souterrains ! Qu'est-ce que tu fais là, blanc-bec ? T'es tombé de ta poussette ?

Stan se relève. Deux hommes lui font face. L'un deux tire sur l'écharpe de Stan et la prend, avant de la mettre autour de son cou en se moquant de lui :

– Maman a peur que je prenne froid, couine-t-il en singeant une voix de bébé.

– Lève-toi, petit, dit l'autre, et dis-nous ce que tu fous là ?

– Je... je me suis perdu, répond Stan en tremblant. Je voudrais simplement retourner dehors.

– Par où t'es entré ?

– Euh... par la serre du Jardin des Plantes.

– Ah ouais ? Par la serre ? Mais dis-moi, c'est très intéressant ça...

Les deux hommes reculent pour se concerter à voix basse.

– Qu'est-ce-qu'on fait ? ...

Stan les voit mieux. On dirait deux spéléologues peinturlurés comme des guerriers. L'un d'eux porte un détecteur de métaux. Ils reviennent à lui :

– Bon, écoute, on te propose un marché : tu nous expliques comment tu es passé par la serre et on te montre une sortie. Ça nous intéresse beaucoup, mon pote et moi. Justement, on cherchait un nouveau passage pour ce secteur... Il y a de plus en plus de tunnels murés par la police.

– Mais vous... se hasarde Stan, qu'est-ce-que vous faites ?

– Nous ? On cherche un trésor ! Le trésor des Templiers... Avant que la grande inondation engloutisse tout ! Allez, en avant !

L'un derrière l'autre, ils se mettent en marche. Pour peu de temps, car des bruits de pas les font s'immobiliser soudain.

Stan sent que les deux comparses ne sont pas rassurés. Peut-il s'agir de Cléo et des siens, cette fois-ci ? On dirait plutôt une armée en marche... Jamais il n'aurait pensé qu'il puisse y avoir tant de monde dans les sous-sols de Paris !

– Ouh la ! C'est peut-être les Guerriers des Ombres, dit l'un.

– Alors il va falloir piquer un sacré sprint, chuchote l'autre. Ces mecs-là n'ont pas de pitié, dit-il à l'intention de Stan. S'ils nous trouvent, ils nous scalpent !

Naska n'en peut plus de rester enfermée dans l'appartement. Stan n'est toujours pas venu la chercher. Pourquoi ? Où peut-il bien être ? Quelque chose l'inquiète profondément. Elle dresse l'oreille, pousse des gémissements, de plus en plus énervée. Stan doit être en danger, tout son instinct le lui dit...

Elle a beau aboyer, personne ne vient. Elle se tourne vers la fenêtre, aperçoit les gouttes de pluie, des buissons qui dansent dans le vent, la liberté. Alors, ne trouvant pas d'autre solution, elle prend son élan et se lance de tout son poids à travers la vitre...

Le garçon boucher s'essuie les mains sur son tablier, y laissant de vagues traces rouges ; il regarde Onésime avec un brin de méfiance. Celui-ci commence par lui acheter une belle tranche de gigot. L'ayant payée, il demande d'un air détaché :

– Dites-moi, je cherche un jeune garçon qui se promène souvent dans le quartier avec un chien noir de type labrador. Vous lui vendez peut-être de la viande de temps en temps ?

– C'est à quel sujet ? demande l'employé en reniflant.

– J'organise des concours de chiens, répond Onésime en plongeant sa main dans sa poche pour y piocher un billet. J'ai aperçu une fois ce labrador dans le quartier, c'est vraiment une très belle bête, continue-t-il en glissant un billet vers le garçon boucher. Cela me rendrait bien service si vous pouviez me renseigner.

Le commis contemple le billet avec des yeux ronds puis, s'assurant que personne ne regarde, l'empoche d'un geste furtif. Il devient tout d'un coup plus bavard :

– Je crois bien qu'ils habitent du côté de la rue Baudelaire. Le gamin s'appelle Stan, et le chien Naska. Ça, on peut dire que c'est une sacré paire ! Même par ce temps pourri on les voit galoper ensemble dans la rue. Quand vous voyez le chien, ça veut dire que son maître n'est pas loin. Pour un peu il l'emmènerait avec lui au lycée...

A ce moment le boucher grimace de surprise. Onésime se retourne. L'employé tend le doigt vers la forme noire qui court sous la pluie.

– Ah ben çà alors, bredouille-t-il, justement, la voilà, Naska ! Et sans son maître... C'est bizarre...

Onésime voit le labrador qui court droit devant lui avec détermination. Il ne lui faut qu'une seconde pour prendre une décision. Sans dire un mot, abandonnant son achat sur le comptoir, il fonce sous la pluie et se précipite dans la voiture, démarrant au quart de tour sur les traces du chien.

Accroupie devant une serrure éclairée par le faisceau d'une lampe-crayon, Cléo se tourne vers sa mère :

– S'il te plaît fais taire les chats, je ne peux plus me concentrer !

Selma se penche vers les paniers dans lesquels se trouvent les chats de la Réserve à grain et leur parle doucement. Ils miaulent à fendre l'âme depuis plus de dix minutes. Les chats n'aiment pas être trimbalés dans les paniers et ils le font savoir.

Immobiles dans le couloir souterrain, les hommes ont posé leurs sacs de grain à terre, attendant que Cléo réussisse à déverrouiller cette nouvelle porte. Clovis a passé des heures sur la carte pour trouver le meilleur itinéraire entre la Réserve et la Source. Il affirme qu'en le suivant ce sera beaucoup moins long. Vu le nombre de sacs et d'objets à déplacer, mieux vaut raccourcir la distance, même si cela les oblige à passer par un endroit dangereux : le métro. Cléo a introduit un petit fil de métal souple à l'intérieur du barillet et, l'oreille collée contre la porte, elle écoute les sons qui la renseignent sur le système. Le miaulement des chats l'empêche de bien entendre.

– Tu veux qu'on s'éloigne avec les chats ? demande Selma.

– Non, attends, je vais refaire un essai.

Cléo déploie son trousseau dans la lumière. Elle a façonné elle-même un grand nombre de ces passe-partout, clefs plates, rossignols, simples tiges dentelées... Elle glisse l'un d'eux dans la serrure et se livre à diverses manipulations, d'un côté puis de l'autre. Le grondement d'un métro enfle, comme au début d'un tremblement de terre, puis passe quelques mètres au-dessus d'eux. La porte résiste. Cléo commence à s'énerver. Derrière elle, la petite troupe s'impatiente. L'idée qu'il faudra peut-être rebrousser chemin avec les sacs sur le dos n'enchante personne, sans parler des chats qui n'en finissent pas de geindre.

Selma décide de s'éloigner ; elle et deux hommes emportent les paniers un peu plus loin. Tout le monde retient son souffle. Enfin il y a un véritable moment de silence et Cléo peut s'attaquer pour de bon à la serrure. Elle tapote le métal du bout des doigts, attentive aux sons, tel un médecin qui ausculte son patient, cherchant à comprendre pourquoi ce système lui résiste tellement. Tout à coup elle éclate de rire et les autres se demandent ce qui lui arrive.

– Ça y est, j'ai compris !

Selma s'approche, Cléo se relève en riant; telle une magicienne elle tourne la poignée et ouvre grand la porte :

– Elle n'était même pas verrouillée !

Tous rient de bon cœur, soulagés. Même les chats s'arrêtent de miauler. De l'autre côté de la porte, ils découvrent une salle remplie de panneaux électriques d'où partent quantité de câbles de diverses couleurs.

– Tu crois qu'on pourrait arrêter le métro d'ici ? demande Cléo à Frodo, familièrement appelé Court-Jus parce que c'est un as en électricité.

– Ce sont des circuits destinés à la signalisation, répond Court-Jus. Si l'on coupait les feux, ça pourrait provoquer des accidents.

– Eh bien, ils feraient mieux de verrouiller leurs portes, dans le métro ! lance Cléo en montant des marches menant à une nouvelle porte.

Surprenant de voir le nombre de portes que les humains ont réussi à installer dans les sous-sols de la ville !

A partir de maintenant il faut être très prudent, vu le risque de rencontrer des employés du métro. Comment réagiraient-ils en voyant passer ces espèces de sauvages chargés de sacs, de paniers, circulant librement dans les sous-sols ? Même les chats paraissent avoir compris et ne miaulent presque plus.

Un jeune homme va devant : c'est Julien. Bien que chargé d'un gros sac de blé, il marche avec légèreté. Cléo admire son corps souple, sa bravoure. Il porte une lampe frontale et tient à la main le plan tracé par Clovis.

Enfin ils arrivent dans une salle où sont accrochées des combinaisons de travail orange destinées aux ouvriers chargés de l'entretien. Une nouvelle porte encore, et les voilà qui débouchent carrément dans le tunnel du métro, devant les rails.

D'un coup, ils changent d'univers et sont assaillis par les odeurs de la civilisation, la chaleur de l'air, le bruissement de la foule, au loin. Ils se trouvent entre deux stations, taches de lumière. Là-bas, à quelques pas, le monde de la surface, les voix lointaines des voyageurs, si près, si loin... Julien s'avance. Une rame de métro est en train de charger ses passagers.

— En traversant les voies, prévient Court-Jus, souvenez-vous qu'il ne faut surtout pas toucher les deux rails

du milieu. Sinon vous recevez 750 volts dans les pattes et vous grillez comme un poulet !

Ils ne disent rien pendant que le métro passe près d'eux, bolide de lumière. Dès qu'il s'est éloigné, Julien pose son sac et dit à Cléo :

– Viens avec moi, on va voir si la porte s'ouvre de l'autre côté.

Sans attendre sa réponse il part en avant et Cléo le suit, prenant garde d'enjamber largement les rails.

En jetant un coup d'œil elle voit les phares d'un métro dans le demi-cercle de lumière jaune d'une station. Des gens vont et viennent sur le quai.

Une fois de l'autre côté, Julien lui fait signe de s'arrêter.

– Tu les entends ? demande-t-il, l'oreille aux aguets.

– Quoi ?

Cléo tend l'oreille... Puis elle sourit car elle vient d'entendre les grillons qui chantent, comme dans une garrigue ensoleillée. Leur présence dans certaines stations du métro est toujours un bonheur pour elle.

Le métro s'approche. Julien entraîne Cléo vers l'une des niches prévues pour s'abriter. L'un contre l'autre ils attendent le passage de la rame. Cléo est émue par le contact de ce corps à la fois nerveux et musclé. Mais il y a une telle violence en Julien...

Soudain ils sursautent : au lieu de passer en trombe, le métro ralentit, les lumières des couloirs diminuent et bientôt la rame est immobilisée entre les deux stations à quelques mètres d'eux seulement. Julien marmonne un juron, tout son corps s'électrise. Il chuchote à l'oreille de Cléo :

– Ne bouge surtout pas. C'est une baisse de tension, il y en a de plus en plus souvent en ce moment à cause des inondations.

Le conducteur de la rame doit se trouver à moins de dix mètres ; s'ils font le moindre mouvement ils risquent d'être repérés et instantanément signalés. Cléo est inquiète. La main de Julien se referme sur la sienne. Elle en ressent une chaleur dans tout le corps. Mais cette main n'est pas seulement celle du réconfort, elle cherche autre chose, de plus sensuel peut-être... Julien se fait pressant, elle entend sa respiration qui s'accélère. La tension est rompue par une brève sonnerie. C'est le signal du métro qui repart, des lumières qui se rallument.

Julien et Cléo se tassent dans un recoin de la niche tandis que le métro passe tout près d'eux en reprenant de la vitesse. L'espace d'un instant, Cléo voit défiler les silhouettes des voyageurs et elle sursaute car elle a cru voir un visage familier, les yeux de Stan rencontrant les siens ! Impossible... Stan... Son cœur bat plus vite. Elle se demande s'il a trouvé le collier... La voix ferme de Julien la ramène au réel.

– Allez, on y va ! C'est la bonne porte, j'en suis sûr.

Elle n'est pas verrouillée non plus et donne sur un vaste appareillage de soufflerie qui fait un bruit assourdissant. Julien soulève une trappe, dévoilant un boyau qui descend verticalement le long des machineries. Il hoche la tête :

– Exactement comme Clovis l'a expliqué.

C'est une véritable petite expédition que de tout passer dans ce boyau vertical, sacs, paniers, mais ils ont l'habitude de ce genre d'acrobaties. Avec le bruit des souffleries on n'entend même plus les chats. Une fois sous la machinerie, ils pénètrent par une trappe dans une série de salles où passent de grosses tuyauteries.

Après maints détours, suivant scrupuleusement les indications de Clovis, ils rejoignent l'un des accès menant à la Source, non loin de la serre. Cléo chuchote à l'oreille de sa mère :

– Puisqu'on est presque arrivés, je vais quelques minutes à la serre et je reviens.

Selma s'arrête et la regarde, étonnée :

– Ce n'est vraiment pas le moment !

– Il faut que j'y aille, maman. C'est important.

– Mais enfin, me diras-tu pourquoi... ?

– J'ai euh... égaré mon collier là-bas...

Selma sursaute et prend Cléo à l'écart :

– Ton collier ? Tu as perdu ton collier ? Mais c'est grave ! Tu sais ce qu'il signifie pour nous !

– Oui oui, mais je sais où il est, je vais le retrouver, dit Cléo gênée.

– Fais attention à toi, Cléo, souffle Selma, et reviens directement à la Source.

– Ne t'inquiète pas, je connais le chemin...

Cléo fait un petit signe de la main et s'en va, faisant tinter ses clefs contre elle, le long des couloirs qui mènent à la serre. Comme d'habitude elle arrête l'eau de la cascade et prête l'oreille pour le cas où il y aurait des gardiens ou des jardiniers. En levant la tête vers la grille elle remarque qu'elle n'est pas encastrée à sa place. Elle est pourtant sûre de l'avoir correctement remise la dernière fois...

Elle se faufile dans la pénombre de la serre déserte, jusqu'au banc de pierre. Son cœur se met à battre très fort lorsqu'elle trouve le petit mot à la place du collier. « J'ai quelque chose à te dire... » Stan est donc venu. Mais que peut-il avoir de si urgent à lui dire ?

Pas facile sous une pluie si serrée, au milieu de la circulation parisienne, de suivre un chien depuis une voiture. Naska se soucie peu des feux rouges et des sens uniques, elle trotte avec détermination vers la Seine. Onésime parvient à zigzaguer entre les files de voitures pour ne pas la perdre de vue, mais au moment où elle va s'engager sur le pont d'Austerlitz, il se trouve coincé dans un embouteillage.

Onésime a plus d'un tour dans son sac: il ouvre sa fenêtre et colle sur son toit un gyrophare de la police qui lance des éclairs bleus; puis il déclenche la sirène. Cela fait toujours rire les Jumeaux. Aussitôt les voitures s'écartent, il y a même un agent de la circulation qui fait rouler son sifflet pour leur ouvrir une brèche.

Onésime réussit à rattraper Naska à la sortie du pont, et la voit obliquer près du Jardin des Plantes, le long du quai Saint-Bernard. Il parvient à la suivre jusqu'au moment où elle bifurque sur la gauche dans l'étroite rue Cuvier qui longe la ménagerie. Onésime est obligé de couper brutalement une file de voitures.

Au milieu de la rue la chienne ralentit, renifle le trottoir et finit par s'arrêter près du mur, non loin d'une porte cochère donnant sur des bâtiments scientifiques. Onésime retire le gyrophare et roule maintenant à petite allure, l'œil fixé sur la chienne. Il s'arrête à quelques mètres d'elle. Le téléphone de voiture sonne. Il sait que la Taupe a comme un sixième sens qui lui permet d'appeler aux moments cruciaux. Il décroche:

– Je crois que nous sommes sur le point d'aboutir. Nous nous trouvons rue Cuvier, le chien nous a menés ici. Son maître ne doit pas être loin. Le gamin s'appelle Stan...

– Ecoute bien ce que je vais te dire, Onésime, répond la Taupe en le regardant droit dans les yeux à travers l'écran: j'ai déjà onze parkings inondés. Clovis est la solution de nos problèmes...

– Attendez, je vois la chienne qui s'agite. Elle gratte une plaque d'égout comme si elle voulait la desceller.

– Les égouts... C'est bien ce que je pensais ! lance triomphalement la Taupe. Ça veut sûrement dire que le gamin les a rejoints. Le chien nous mènera droit jusqu'à eux.

Après une course en aveugle, se cognant, bifurquant au hasard des galeries, Stan se retrouve essoufflé, tremblant, blotti dans une obscurité totale, sous une voûte de pierre. Il s'efforce de se calmer pour mieux tendre l'oreille, au cas où les redoutables Guerriers des Ombres seraient à ses trousses.

Il a d'abord couru avec les inquiétants chercheurs de trésors, puis il s'est faufilé dans un trou donnant sur un souterrain en pente. Là, tâtonnant, il s'est caché, tandis que les hordes sauvages passaient en criant.

Il a attendu que tout soit redevenu silencieux pour oser bouger d'un centimètre. Il est tellement heureux de leur avoir échappé qu'il ne se soucie presque plus d'être perdu. Dans l'obscurité il n'a plus la notion du temps. Est-il là depuis cinq minutes ou deux heures ? Il tend les mains devant lui ; ses doigts rencontrent un objet lisse et rond. De quoi peut-il s'agir ? On dirait un ballon en bois avec des trous. Tout près il sent de longs bâtons posés à même le sol. Le bout d'un des bâtons est arrondi. Exactement comme un...

Comprenant ce qu'il est en train de toucher, Stan pousse un hurlement sauvage :

– Au secouuurs !

Des ossements ! Un crâne !

Il est accroupi dans une niche de pierre au milieu d'ossements humains... Il bondit hors de sa cachette, se cognant la tête au passage, désemparé, s'imaginant déjà poursuivi par les fantômes des catacombes.

Son hurlement se répercute dans les galeries. Lorsque Cléo l'entend, elle devine qu'il s'agit de Stan et craint le pire. Il peut être tombé dans un puits, avoir rencontré les Guerriers des Ombres, il peut s'être blessé dans le noir... Elle se met à courir, éclairant le sol devant ses pieds. Le cri semblait venir de l'Ossuaire.

En voyant s'approcher un faisceau de lampe, Stan croit que sa dernière heure est arrivée, qu'il va se faire scalper et massacrer par des barbares dans ces sinistres catacombes, et qu'il finira en squelette parmi les autres squelettes.

– Non ! Non ! S'il vous plaît ! supplie-t-il en larmes.

Le rai de lumière se tourne alors vers le visage de Cléo et c'est pour Stan la plus merveilleuse des visions, l'aura des cheveux cuivrés, le pétillement des grands yeux qui chassent les pires fantômes.

– C'est moi ! Ne t'inquiète pas, tout va bien !

– Cl... Cléo ? Stan peut à peine prononcer son nom.

Elle le prend dans ses bras comme s'il était son propre frère. Ils ne disent rien. Rien du tout. Quelque chose de très fort les unit, par-delà les mots. Lorsque Stan se remet de son émotion, il prend conscience du corps de Cléo contre le sien et en ressent une gêne. Il s'écarte et lui explique comment il s'est retrouvé là, épuisé, trempé, sale. Cléo passe le faisceau de la lampe sur son visage.

– Mon pauvre Stan, tu es dans un état ! Elle lui caresse la joue.

Ses mains sont incroyablement douces. Ses grands yeux noirs brillent dans la pénombre. Elle dirige la lumière vers les ossements. Stan frissonne en voyant les crânes livides, empilés les uns sur les autres. Cela fait rire Cléo :

– Tu es tombé sur l'Ossuaire. C'est l'un des rares qui n'ait pas été pillé.

– On ne pourrait pas sortir d'ici ? demande Stan timidement. J'ai la chair de poule.

Cléo le guide et ils sortent de ce trou qui empeste la poussière. Stan est inquiet de se retrouver dans la galerie, à la merci des hordes sauvages.

– Ce qui les amuse, dit Cléo, c'est de tout casser, de se faire peur, et ils deviennent

très méchants lorsqu'ils ont bu. Mais ne t'inquiète pas, je connais des tas de cachettes qu'ils ne connaissent pas.

– Toi et les tiens, est-ce-que vous vivez tout le temps sous la terre dans des tentes ? Vous êtes comme des bandits ?

Elle baisse les yeux et ne sait quoi répondre. Elle aimerait bien lui dire la vérité, elle est sûre qu'il ne les trahirait pas.

– Dis plutôt comme des nomades, répond Cléo mystérieusement.

– Je ne comprends pas.

– As-tu entendu parler des premiers habitants de Paris ? Ceux qui vivaient ici même il y a plus de deux mille ans ?

– Non, répond Stan en fronçant les sourcils.

– Ils s'appelaient les Parisii... Mais viens, ne restons pas là.

Elle l'entraîne dans la galerie, en proie à une vive hésitation. Elle devrait ramener Stan à la surface, mais ne peut se résoudre à l'abandonner comme ça, en pleine rue sous la pluie, dans l'état où il se trouve. Et puis à dire vrai, elle n'a pas envie de se séparer de lui tout de suite. Tandis que Stan continue à lui poser des questions, elle prend une décision.

– Tu sais, dit Stan en s'arrêtant, je crois que je t'aurais quand même retrouvée, grâce à ça !

Il fait se balancer le pendentif devant leurs yeux.

– Alors tu as trouvé le truc, dit Cléo. Merci de m'avoir rapporté mon collier. C'est comme une partie de moi-même. Il faut que tu me le rendes, mes parents y tiennent beaucoup ; c'est un objet très ancien.

– C'est génial, c'est comme une boussole. Sauf que ça n'indique pas le nord, dit Stan en lui tendant le collier.

– Non, ça indique la Source...

– La Source ? Quelle source ?

– Le pendentif est fait d'un métal volcanique avec un fort champ magnétique, souffle Cléo en songeant qu'elle lui en a déjà trop dit. Ne me pose plus de questions, Stan. Ecoute-moi : je vais faire une chose que je n'ai pas le droit de faire, je vais t'emmener dans un endroit où tu n'es pas supposé aller. Il faudra que je te bande les yeux dans la dernière partie du trajet. Tu n'es pas obligé de venir ; si tu veux je te ramène direct rue Cuvier.

Un lourd silence pèse sur eux. Stan sent qu'il est prêt à suivre Cléo, même au bout du monde si elle le lui demande.

Onésime et les Jumeaux ont mis leur plan au point. Munis de leur attirail, ils s'approchent de Naska toujours sous la pluie dans la rue déserte.

Haïku a préparé un petit émetteur qu'il fixe d'un seul geste sur le collier du chien pour ne plus perdre sa trace. Tao glisse un pied de biche sur le bord de la plaque d'égout et la soulève... Onésime l'aide à déplacer la plaque. Ils fonctionnent en équipe bien rodée. Aussitôt la bouche d'égout ouverte, Naska s'approche pour sauter. Ses pattes tremblent d'excitation, elle se met à aboyer.

– Elle flaire la piste de son maître ! Parfait...

Onésime s'accroupit et la caresse ; il connaît les chiens, celui-ci ne lui fera aucun mal.

–Tu voudrais bien le retrouver, hein ? T'inquiète pas, on va t'aider...

Il se glisse dans le boyau vertical, s'accrochant aux échelons. N'y tenant plus, Naska se lance à son tour. Onésime arrive tout juste à la rattraper et à la maintenir contre lui tandis qu'il descend jusqu'au tunnel, trois mètres plus bas. A peine a-t-il déposé la chienne sur le sol qu'elle file en trombe. A leur tour, les Jumeaux se faufilent dans le puits avant de refermer la plaque sur eux.

Avoir les yeux bandés dans le noir procure une sensation étrange. Mais tenir la main de Cléo le long d'un chemin sinueux et cahotant, sans savoir où l'on va, est purement enivrant. Pour la première fois Stan comprend le sens de l'expression « une confiance aveugle ». Au début il craignait de se cogner ou de tomber, mais Cléo est la plus habile des guides : d'une pression des doigts elle lui fait comprendre lorsqu'il faut baisser la tête ou descendre des marches. Elle le rassure par de petits mots brefs, des encouragements chaleureux. Stan ouvre grand ses oreilles, suivant le conseil de son grand-père, et se laisse porter par les odeurs variées du sous-sol parisien.

Enfin ils s'arrêtent. Stan entend Cléo peiner pour déplacer une plaque ou un rocher, quelque chose de lourd qui glisse sur le sol. Aussitôt après monte un fort courant d'air. Cléo lui retire son bandeau. Tout d'abord Stan ne voit rien ; puis ses yeux s'accommodent à la pénombre. Cléo farfouille dans un recoin et chuchote :

– Surtout ne bouge pas, tu risquerais de tomber...

Il entend un son mat, puis quelque chose se déroule avant de claquer contre la roche. Stan devine un puits ouvert au niveau du sol. Une bouche ronde plus sombre que le sol.

– Il y a une échelle de corde. Ça ira ? Je descends la première.

Cléo prend la main de Stan et l'incite à s'approcher du trou béant.

– C'est profond ? demande Stan.

– Il y a deux niveaux...

Cléo est déjà engagée dans le puits, accrochée à l'échelle de corde. Stan aventure son pied sur le premier échelon :

– Tu es sûre que l'échelle est bonne pour deux ?

– Une fois on est descendus à quatre en même temps ! Tu peux y aller, c'est du chanvre très costaud.

Les voilà qui descendent lentement. Stan est trop abasourdi pour parler. Ce qui le déconcerte le plus, c'est l'odeur qui monte avec le courant d'air, une odeur presque marine... Cléo l'attend en bas pour l'aider à prendre pied. Elle allume une torche qui flambe en grésillant.

Stan se retourne et n'en croit pas ses yeux : ils se trouvent sur une plateforme rocheuse surplombant un petit lac souterrain ! Il distingue les miroitements de l'eau, masse sombre qui semble briller de l'intérieur. Il en a le vertige. Heureusement, la main de Cléo est posée sur son épaule.

– C'est beau, n'est-ce-pas ?

– C'est incroyable...

Stan ne trouve pas ses mots.

Derrière eux, un auvent est fixé à la paroi, formant un abri. Cléo se glisse dessous et allume deux bougies. Bouche bée, Stan contemple le campement de fortune. Ses yeux se portent sur une table où s'entassent des morceaux de métal et des outils. Un étau, des limes, des scies, des serrures démontées et quantité de clefs à moitié fabriquées.

– C'est mon atelier d'hiver, explique Cléo. C'est ici que je fabrique mes clefs.

– Atelier d'hiver ? Stan ne comprend pas. Et l'été ?

– L'été, c'est une autre histoire, nous sommes... ailleurs. Nous bougeons avec les saisons... Elle soupire. Ne me pose plus de questions, s'il te plaît...

Stan caresse le métal d'une grosse clef ancienne.

– Ça c'est le cadeau d'Ulric pour mes quatre ans. C'est lui qui a deviné que j'avais un don pour les clefs et les serrures.

Stan prend la grosse clef.

– Il paraît que cette clef vient de la prison de la Bastille, explique Cléo fièrement.

– La prison de la Révolution ?

Mais Cléo semble tendue et pressée :

– Oui... Bon, écoute, Stan, il se passe des choses graves en ce moment, tu le sais. Je n'ai pas le droit de t'amener ici. Mais disons que tu es un cas spécial... Il faut que je m'en aille. Il y a une réunion à la Source.

– Et moi ?

– Toi, tu vas m'attendre ici.

– Ici ? Tout seul ?

Cléo rit :

– Tu n'as pas peur, quand même ? Personne ne peut venir. Je vais refermer le trou.

– Alors je vais être prisonnier ? Et si tu ne reviens pas ?

– Stan, fais-moi confiance.

Elle prend sa main, il en est tout ému. Cléo lui désigne alors un étroit sentier qui descend vers le lac, et d'un geste pousse un commutateur. De faibles ampoules installées ici et là jettent une vague lumière sur la corniche.

– J'ai un ami qui s'appelle Court-Jus, il est très doué en électricité. C'est lui qui a installé ce petit système. Tu peux descendre au lac par là, mais regarde bien où tu mets les pieds.

A l'idée de se retrouver seul dans cet endroit, Stan sent sa gorge se nouer :

– Réflexion faite, je crois que je préfère rentrer chez moi. Mes parents risquent de s'inquiéter, et puis Naska doit m'attendre...

– Ah non, maintenant c'est trop tard ! Il fallait te décider tout à l'heure. Mais ne t'inquiète pas, je te ramènerai bientôt... Là il faut vraiment que je parte. Je te promets de faire aussi vite que possible.

Stan est tellement dépité qu'elle le prend dans ses bras ; et avant qu'il ait eu le temps de dire un mot de plus, elle a déposé un baiser sur ses lèvres. L'instant d'après elle a disparu au sommet de l'échelle de corde.

EN ARRIVANT À LA SOURCE, CLÉO RESSENT UNE VIVE ÉMOTION. C'EST UN LIEU CHARGÉ D'HISTOIRE; UN LIEU DIFFICILE D'ACCÈS. jamais elle n'y a vu tant de monde. Un peu partout des lampes sont posées; des voix bruissent, des ombres s'agitent.

La Source : une vaste caverne bordée de gradins descendant en pente douce vers un bassin d'eau bouillonnante, creusé à même la roche, d'où s'élève une vapeur à l'odeur soufrée.

Cléo s'est arrêtée sur le plus haut des gradins.

Julien surgit à ses côtés. Elle ressent une gêne; Stan n'y est pas étranger.

– Tiens te voilà ! On se demandait où tu étais passée.

– Je... J'avais perdu mon collier... parvient-elle à articuler.

– Tu l'as retrouvé ?

– Euh, oui.

L'œil de Julien se porte sur le cou de Cléo; il l'effleure du bout des doigts :

– Alors pourquoi tu ne le portes pas ?

– Il faut que je répare le fermoir.

Julien la regarde, perplexe :

– Tu sais, tu es vraiment une drôle de fille, Cléo. Imprévisible. J'aime ça... Tu me donnes l'impression de garder un secret au fond de toi. Et ce secret, j'aimerais bien te le faire dire un jour...

– Je ne comprends pas de quoi tu parles ! Excuse-moi, mais je dois aller voir mon père tout de suite...

– Oui, dépêche-toi, il t'attend. On dirait que les choses se gâtent.

Sautant d'un gradin à l'autre, Cléo reconnaît des compagnons installés parmi des amoncellements de bagages et d'objets. Ils sont épuisés d'avoir porté des fardeaux à travers des galeries tortueuses, et se reposent contre leurs ballots. Les chats jouent ensemble, enfin libérés des paniers.

Cléo renifle les odeurs soufrées qui flottent dans l'air. Ce lieu a marqué des moments forts de son enfance. On y vient pour célébrer des fêtes ou honorer le passé. Tout en bas, dans l'eau de la source chaude, quelques enfants barbotent joyeusement. Cléo elle-même a souvent joué dans ce bassin d'eau bénéfique qui monte des entrailles de la terre.

Au bord se trouve un petit groupe d'hommes et de femmes. Son père, Clovis, est parmi eux. Selma est là aussi, le visage grave :

– Ah, te voilà enfin...

– C'était le fermoir de mon collier...

Cléo sent bien que son explication est dérisoire.

– Ce n'est pas le moment...

Clovis s'avance vers elle, la prend à part, la fait asseoir au bord de l'eau chaude, elle ne peut s'empêcher d'y tremper ses mains et cela lui fait du bien; elle respire plus profondément. Près d'eux, Léon, un jeune cousin, immergé jusqu'à la taille, s'amuse à faire gicler de l'eau entre ses mains en poussant des glapissements ravis. Clovis regarde Cléo dans les yeux, sans prêter attention à ce qui se déroule autour d'eux :

– Je suis très inquiet, Cléo. Un guetteur a vu Onésime et les Jumeaux rue Cuvier, exactement là où tu as ramené Stan. Le plus étrange c'est qu'ils semblent accompagnés du chien !

– Quoi ? Le chien ?... C'est impossible ! Ça n'a rien à voir !

– En tout cas ils sont descendus par les égouts.

– Avec le chien ?

– Un gros chien noir... Ce serait quand même une drôle de coïncidence, non ?

Mille questions viennent à l'esprit de Cléo. Naska en compagnie d'Onésime et des Jumeaux, les hommes de la Taupe ? Se pourrait-il que Stan soit un espion ? Impossible... Impossible !

– Quand as-tu vu Stan pour la dernière fois ?

Oh non, pas cette question ! Cléo a soudain la tête qui tourne... Elle n'entend plus la voix de son père, mais seulement les jeux aquatiques des enfants.

– Cléo ! Qu'est-ce qui se passe ?

Les yeux de Clovis se durcissent. Avec sa tignasse et sa barbe, il a l'air d'un chef de guerre.

Cléo sait qu'elle doit répondre :

– En retournant à la serre pour chercher mon collier...

Elle respire mal, lance des bouts de phrases.

– Je suis tombée sur lui... Il criait dans l'Ossuaire...

– Dans l'Ossuaire ? Mais je croyais que tu l'avais ramené rue Cuvier ?

– Oui... Mais il est revenu !

Clovis se fige, assailli par une sombre pensée ; il demande durement :

– Et maintenant, Cléo, où est Stan ?

Quelle folle elle a été ! Ses lèvres frémissent mais elle ne parvient pas à articuler. Son père renouvelle la question. Elle baisse les yeux, c'est comme un aveu ; Clovis ne s'y trompe pas :

– Est-ce que tu l'as amené dans les souterrains ?... Regarde-moi !

Il lui effleure le menton pour qu'elle relève la tête.

Cléo le regarde. Des larmes coulent sur ses joues. Clovis est comme électrisé, les idées se bousculent dans sa tête :

– Est-il près d'ici ?... Avec son chien ?

– Non. Il est seul.

– Mais où ?

– Au Lac...

Clovis écarquille les yeux et bondit sur ses pieds :

– Au Lac ? Par Sequana ! Il n'y a pas une minute à perdre !

– Mais enfin... je ne comprends pas...

– Réfléchis, Cléo : si les hommes de la Taupe ont mis la main sur Naska, elle va les mener tout droit jusqu'à son maître, et donc... jusqu'à nous ! Tu comprends ? La présence de Stan dans les parages c'est comme une bombe à retardement pour nous, et il faut la désamorcer au plus vite !

Après le départ de Cléo, Stan est resté un long moment immobile, guettant le moindre bruit. Il écoute les remous dans l'eau du petit lac, s'efforçant de ne pas avoir peur. Il regarde de plus près l'établi de Cléo, ses outils, les serrures démontées, les clefs polies qui rappellent sa présence. C'est fou à quel point sous terre on perd la notion du temps. Il n'y a plus ni jour ni nuit, ni soir ni matin, et Stan ne porte pas de montre. Il se demande s'il n'est pas parti depuis des heures... A nouveau il croit entendre des remous venant du lac. Il décide de quitter la corniche et de descendre vers le lac.

En bas il trébuche sur le sol caillouteux.

Le lac est immobile, comme gelé. Stan s'accroupit et trempe sa main dans l'eau froide; des ronds concentriques se propagent à la surface. Cette eau le fascine.

Songer qu'il y a des lacs dans le sous-sol de Paris... Stan avait bien entendu parler d'un lac sous l'Opéra, mais il n'imaginait pas qu'il puisse exister des lieux aussi sauvages, à quelques mètres sous le bitume de la capitale.

L'eau est claire et tranquille, elle donnerait presque envie de s'y baigner. Accroupi sur la berge, Stan a les yeux perdus dans les miroitements de la surface. Soudain il pousse un cri de surprise: l'eau remue! Excité, il distingue une forme grise qui se faufile sous la surface! C'est un gros poisson, sans doute une carpe...

En regardant de plus près il en remarque deux autres. Aucun doute, ce sont des carpes. Plus tard, Stan apprendra de la bouche de Cléo que ces poissons ont été introduits là, des années auparavant, par le père d'Ulric. Il entend des bruits de voix et se fige sur place. La voix claire de Cléo résonne et l'appelle. Clovis l'accompagne.

– Chien qui bave,
La proie tremble
Le souffle d'une aile.

Haïku a vraiment le chic pour balancer ses petits poèmes dans les pires moments! Il est vrai que Naska bave d'excitation. Onésime et les Jumeaux courent dans les galeries pour la suivre. La chienne les entraîne jusqu'à une galerie fermée par une grosse porte métallique datant le l'Occupation, verrouillée à triple tour.

Dressée sur ses pattes de derrière Naska griffe le métal en aboyant avec conviction; elle paraît convaincue que son maître se trouve de l'autre côté. La petite équipe agit avec efficacité. Onésime s'occupe de calmer Naska, ce qui n'est guère facile car elle est tout entière tendue vers sa piste. Haïku éclaire la porte avec un fin faisceau lumineux.

C'est là que Tao entre en action. Il examine la serrure d'un œil expert sans se soucier des aboiements. Là où Cléo aurait utilisé ses fameux passe-partout, Tao préfère la panoplie d'explosifs qu'il porte sur lui. Onésime s'efforce d'éloigner Naska en l'amadouant :

– T'inquiète pas mon bon chien, on va te le retrouver ton maître !

Tao a extrait une petite fiole d'un sac qu'il porte à la ceinture. Il la débouche, la hume d'un air entendu, et verse quelques gouttes de son contenu sur la serrure. Puis il prend un peu d'une pâte verte et la dispose par-dessus. On dirait qu'il prépare une confiserie. Haïku a vu mille fois son frère opérer ainsi, mais il ne se lasse pas de l'admirer. Onésime parvient à écarter le chien qui semble comprendre que ces trois personnages peuvent l'aider à retrouver Stan.

Tao recule de quelques mètres; c'est là qu'il devient un véritable artiste : au lieu d'utiliser un quelconque appareillage pour la mise à feu, il dégaine une courte sarbacane en bambou et y glisse un projectile avant d'inspirer profondément...

Soufflant un coup sec et violent, il éjecte le projectile qui touche sa cible en plein dans le mille. Une petite explosion sourde se produit, dosée pour faire sauter la serrure sans trop abîmer la porte. Comme d'habitude, Tao se penche sur son œuvre encore fumante avec un œil critique :

– Hum... trop de fumée... j'aurais dû mettre une mini goutte de Semtex... le travail aurait été plus net.

Tao n'est jamais content de son travail, même lorsqu'il semble parfait à Onésime ou Haïku.

La porte est maintenant ouverte, et Naska la franchit d'un bond. Ils n'ont plus qu'à la suivre. Deux fois, Haïku consulte son récepteur pour vérifier la direction prise par Naska, mais comme elle aboie souvent il n'est pas difficile de garder sa trace.

Au bas d'un escalier, ses aboiements redoublent d'intensité. La chienne vient de pénétrer dans une galerie à moitié effondrée. Des voix se font entendre. Stan, peut-être ?

Haïku passe devant, prêt à brandir son sabre plus tranchant qu'une lame de rasoir. En quelques enjambées nerveuses il rattrape une silhouette qui tient à la main un étrange appareil. Avec une souplesse hallucinante, Haïku dégaine son sabre qui voltige dans l'air avant de s'abattre dessus, produisant une gerbe d'étincelles.

Le chercheur de trésor, car il s'agit de lui, se recroqueville sur le sol, terrifié. C'est lui qui a pris l'écharpe de Stan. S'il s'en sort vivant, il se jure de ne plus jamais remettre les pieds dans les souterrains. D'abord les Guerriers des Ombres, puis ce gros chien noir qui lui saute à la gorge, et à présent un samouraï déchaîné qui l'attaque au sabre et réduit en miettes son détecteur de métaux. C'en est trop ! Il pousse des cris pitoyables, craignant d'être coupé en rondelles. Autour de son cou, Naska a reconnu l'écharpe de son maître, et elle essaye de l'arracher. Affolé, il croit qu'elle veut l'égorger :

– Rappelez votre chien !

Onésime retient Naska, qui parvient quand même à saisir un bout d'écharpe, entraînant la tête de sa victime et menaçant de l'étrangler ! C'est l'écharpe qui intéresse le chien et non le jeune homme. Onésime s'en empare et la donne à Naska qui la renifle furieusement, vibrante d'excitation.

– Vous êtes des keufs ? demande le chercheur de trésors d'une voix tremblante. Ou... une nouvelle bande des souterrains ?

– On cherche un garçon qui s'est perdu par ici, dit Onésime d'une voix dure. D'où elle vient ton écharpe ? Pourquoi le chien s'excite dessus comme ça ?

– J'en sais rien moi...

Pour mieux lui délier la langue, Haïku brandit son sabre et effectue un bref mouvement au-dessus de la tête du jeune homme qui pousse un hurlement de terreur, s'imaginant déjà décapité. Il porte les mains à sa tête et crie une fois de plus, constatant qu'il tient à la main une touffe entière de ses cheveux, coupés nets à quelques millimètres de son crâne. Sans plus se faire prier il leur raconte d'une voix précipitée la rencontre avec Stan, l'écharpe volée et l'arrivée des Guerriers des Ombres ayant provoqué leur dispersion...

– Automne béni
Quand tombent les feuilles
Le ver se réjouit, récite Haïku.

En aboyant, Naska s'est déjà engouffrée dans un nouveau tunnel. La petite troupe se remet en route derrière le chien, laissant le chasseur de trésor hébété.

Plus loin, dans d'autres souterrains, Stan, perdu dans ses pensées se contente de suivre Clovis et Cléo. Ils s'arrêtent devant un grand panneau métallique. Cléo en connaît bien la serrure et l'ouvre sans perdre un instant. Apparaissent des circuits électroniques et un enchevêtrement de gaines et de câbles de toutes tailles et de toutes couleurs. Clovis sort des outils de sa sacoche. Il plante deux pointes-relais dans des câbles et branche son petit téléphone.

– Vous avez le téléphone ici ? demande Stan.

– Oui, et en plus c'est gratuit, dit Cléo en souriant.

Clovis appuie sur des touches.

– C'est bon, on a la tonalité. Maintenant écoute-moi, Stan : crois-tu que quelqu'un peut t'avoir suivi quand tu es entré dans les souterrains ?

– Non ! C'est impossible, je me suis laissé enfermer tout seul dans la serre avant de descendre.

Clovis lance un regard de reproche à sa fille comme pour dire : « Tu lui as aussi montré ce passage secret ? »

– Maintenant dis-moi : où est ton chien ?

– Naska ? s'étonne Stan. Mais... chez moi, à la maison.

– Tu en es sûr ?

Stan regarde Cléo puis Clovis pour comprendre le sens de ces questions.

– Tu n'es pas allé la promener aujourd'hui ?

– Non. D'ailleurs elle doit m'en vouloir.

– Y a-t-il quelqu'un chez toi en ce moment ?

– Peut-être ma mère.

– Ecoute-moi bien... il faut en avoir le cœur net. Tu vas téléphoner chez toi. Si ta mère est là, débrouille-toi pour la rassurer, dis-lui que tu es chez un copain ou autre chose, qu'elle ne s'inquiète pas. Et demande-lui des nouvelles de Naska... Fais attention à ce que tu lui dis, souffle Clovis. Pas la moindre allusion à nous.

Stan prend le téléphone et compose son propre numéro, complètement ahuri à l'idée de téléphoner chez lui depuis les sous-sols de Paris. Au bout d'une sonnerie à peine, sa mère décroche. En l'entendant elle le bombarde aussitôt de questions, d'une voix surexcitée :

– Mais qu'est-ce qui se passe ici, Stan ? Tu sais que ta chienne est passée à travers la fenêtre ? Il a plu dans le salon ! Des voleurs auraient pu entrer, tu te rends compte ? Mais qu'est-ce qui lui a pris de faire ça ? Et pourquoi n'étais-tu pas avec elle ? Et d'abord où es-tu ?

– Où est Naska ? demande Stan d'une voix aiguë.

– Mais je n'en sais rien, figure-toi ! Le boucher l'a vu détaler dans la rue. Et toi, où es-tu ?

– Euh, chez un copain du collège; tu ne le connais pas.

« Si je lui disais vraiment où je suis, songe Stan, elle ne me croirait pas. »

– Mais pourquoi Naska a-t-elle cassé un carreau ? Tu te rends compte ? Ça ne peut plus durer, Stan, c'est de la folie d'avoir un si gros chien dans Paris, je l'ai toujours dit ! Maintenant rentre à la maison tout de suite, il faut absolument la retrouver.

– La retrouver... ? Stan fait des yeux ronds, il essaye de visualiser la scène. Naska passant au travers de la fenêtre...

– Tu m'entends, Stan ? Dans quel quartier te trouves-tu ?

– Euh... près du Jardin des Plantes...

Stan voit briller les yeux de Clovis dans la pénombre.

– Ecoute maman, je vais voir si je peux la retrouver de mon côté. Elle est peut-être venue à ma rencontre.

– Est-ce-que tu as mis ton ciré au moins ? Avec ce déluge...

– Je vais voir ce que je peux faire et je te rappelle.

– Et pendant ce temps-là, moi, je n'ai qu'à m'occuper du vitrier, j'imagine ?

– Je te rappelle, promis, ne t'inquiète pas...

Stan rend l'appareil à Clovis qui demande tout de suite :

– Alors, et Naska ?

– Elle s'est enfuie de chez moi en cassant un carreau...

Clovis bondit sur ses pieds.

– Plus de doute, c'est bien elle qui est avec Onésime et les Jumeaux !

– ... Onésime ?... Les Jumeaux ? Qu'est-ce que c'est ?

– Tu sais que nous avons un ennemi redoutable. Il s'appelle la Taupe.

– Mais pourquoi est-il votre ennemi ?

– C'est une longue histoire, Stan, et nous avons peu de temps... Mais sache que cet homme s'appelait Tristan et qu'il était des nôtres. Il s'est exclu de lui-même. Il a choisi de vivre sa vie, de s'enrichir en construisant des parkings souterrains. Il est devenu puissant, des hommes travaillent pour lui. Il règne sur un véritable empire...

– Mais pourquoi vous pourchasse-t-il ?

– Il veut une carte que je possède, il m'en veut personnellement... Je ne peux pas t'en dire plus...

– Mais Naska ? Une pointe d'angoisse perce dans la voix de Stan. Elle est en danger ?

– Je ne le crois pas, répond Clovis. Elle leur est trop précieuse.

En tout cas j'ai une dette envers elle et je te promets de la protéger. Mais nous devons agir vite. Ta présence près de nous est une menace. Si Naska les amène ici, c'est une catastrophe ! Il faut t'éloigner au plus vite...

– Regardez, on dirait qu'elle frétille !

Les sens en alerte, Onésime talonne la chienne qui renifle le sol en se tortillant d'impatience. A tout hasard il lui repasse l'écharpe sous le museau. Naska la flaire et cela lui fait l'effet d'une décharge électrique : elle repart à toute allure.

– Ah ah, le gibier n'est plus trop loin ! jubile Onésime.

Haïku est prêt à dégainer son sabre pour parer à toute éventualité. Onésime observe Naska qui s'engouffre dans un trou obscur d'où part une galerie en pente ; elle aboie comme une folle. Ces aboiements ramènent Onésime des années en arrière quand Etoile, sa chienne de berger, retrouvait fièrement un mouton égaré dans la montagne. Elle aboyait de la même façon. Son cœur se serre à l'évocation de ces souvenirs lointains...

Haïku et Tao sont sur le point d'entrer dans la galerie en pente lorsque Naska revient, toute fière, tenant un grand os dans sa gueule. Ils braquent leurs lampes sur elle ; la chienne lâche son os. Onésime crie de surprise :

– Ma parole, c'est un tibia !

Sans plus attendre, les Jumeaux descendent dans la galerie, prêts à tout. Et là, ils poussent des cris de surprise. Onésime les rejoint et découvre dans le faisceau de lumière des piles de crânes superposés, des entassements de côtes arrondies, des alignements de tibias ou de fémurs... L'Ossuaire!

Haïku se met à trembler, il n'aime pas du tout les fantômes, et toutes ces orbites vides paraissent le regarder fixement. Pour conjurer les esprits, il déclame:

– Poussière d'étoiles

Mes os se glacent

Les fantômes ont soif!

Ce petit poème ne suffit pas à le rasséréner. Naska revient dans l'Ossuaire, agitée, sentant que Stan est passé là un peu plus tôt. D'un mouvement de queue elle déséquilibre une haute pile de crânes. Tao en éclaire le haut, juste à temps pour la voir s'effondrer en direction de Haïku qui pousse un cri d'angoisse...

Le reste de l'action se déroule en un clin d'œil, mais se décompose en trois moments très rapides: Haïku brandit son sabre, accomplit une passe compliquée, et rengaine. Les crânes dégringolent en tous sens et roulent par terre. Onésime et Tao éclairent le sol: à leur grande surprise les crânes sont coupés en deux! Haïku aurait-il réussi à en tailler autant d'un seul coup?

Ils ressortent précipitamment.

Stan va de surprise en surprise mais n'a pas le temps de réfléchir car il lui faut suivre le rythme. Devant lui marche le vieil Ulric; avec sa lampe frontale et son bandeau il ressemble plus encore à un Indien. Il a l'air plutôt vieux mais trottine allègrement dans les souterrains et grimpe les marches sans s'essouffler...

Stan entend les pas légers de Cléo derrière lui. Elle a ligoté son trousseau de clefs pour qu'il ne fasse aucun bruit. Ils progressent sans parler, conscients de la gravité de la situation. Clovis, resté en arrière, va tenter de délivrer Naska.

Ulric s'arrête bientôt dans une vieille mine abandonnée. Sous des poutrelles de bois vermoulu un petit tunnel s'enfonce dans la roche. Ulric s'y faufile à quatre pattes. Stan veut poser une question, mais déjà la main de Cléo volette contre la sienne. Elle lui souffle des mots d'encouragement à l'oreille :

– Vas-y, tu vas voir quelque chose de surprenant !

Comment résister ? Stan se faufile donc à la suite d'Ulric. Ils progressent un certain temps et Stan est presque pris d'un fou rire à l'idée de ces trois humains avançant en file indienne, à quatre pattes comme des animaux !

Ils débouchent dans une caverne naturelle où règne un étrange éclairage. Stan, déconcerté, ne comprend pas où il se trouve. Lumières blanches et jaunes, plantes vertes, léger bruissement d'un ventilateur, ruissellement de l'eau, brise parfumée de senteurs végétales...

Des voix leur parviennent de la voûte. Deux hommes sont encordés là-haut, en train de réparer une lampe. A la vue des visiteurs, ils descendent souplement le long de leur corde. Une fois au sol, ils dévisagent Stan avec inquiétude. Ulric devance leurs questions et explique la situation avant de présenter Stan.

Julien entraîne Cléo à l'écart et lui parle à voix basse. Ulric s'accroupit et Stan sursaute en le voyant tenir un gros rat dans la main :

– Et voici mon ami Léopold !

Léopold n'a pas de temps à perdre en civilités, il saute dans l'herbe et s'y faufile avec délices. Il a ses petites habitudes dans ce jardin. Court-Jus explique à Stan qu'il se livre depuis quelques années à des expériences de jardin souterrain; il lui montre ses « phototrons » qui remplacent la lumière solaire.

– Mais l'électricité, d'où vient-elle ? demande Stan.

– Ce n'est rien... une petite dérivation discrète. On remarque à peine la différence sur les réverbères du quartier...

Court-Jus laisse échapper un sourire gêné. Il lui montre comment les lampes sont suspendues à différentes hauteurs, selon ce qu'on veut faire pousser. Certaines zones sont plus intenses que d'autres. Il a fallu apporter de la terre de surface pendant des jours et des jours, mais n'empêche qu'ils ont déjà récolté plusieurs fois des baies, des légumes, des herbes...

Les yeux ronds, Stan suit Court-Jus et Ulric à travers ce jardin artificiel. Les odeurs de plantes qui montent aux narines n'ont pourtant rien d'artificiel, pas plus que les bourdonnements d'insectes. Il tend la main vers un buisson où brillent de petits fruits rouges et sent la piqûre bien réelle d'une épine... Tout près, un papillon volette de fleur en fleur, butine un coquelicot...

Stan renifle, ses narines captent le parfum des champignons blancs qui poussent en grappe sur des bottes de foin. Plus loin, le rat Léopold est dressé sur ses pattes de derrière pour mieux grignoter des herbes folles.

Julien revient avec Cléo, il marche près d'elle d'un pas assuré, son corps effleurant le sien.

Ulric appelle Léopold et, mettant la main sur l'épaule de Stan :

– Allez, en route !

– J'espère que ton chien n'a pas trop bon odorat, lance Julien un peu narquois.

– Si, justement ! réplique Stan avec force.

– Alors vous feriez bien de filer...

Le visage de Julien s'est durci.

– Cléo, ajoute-t-il, prends bien soin de toi... Je me demande si je ne devrais pas vous accompagner...

– Surtout pas ! réplique Ulric avec l'autorité de son âge. Nous sommes bien assez grands pour nous débrouiller tout seuls. Et Clovis a besoin de vous. Allez, on y va !

Ils font quelques pas vers le fond de la caverne-jardin. Stan ne peut s'empêcher de demander :

– Mais... où va-t-on ?

– On va chez Florimont, ne t'inquiète pas, répond Ulric.

Le rat Léopold a rattrapé son maître et grimpe le long de sa jambe de pantalon.

Ulric se dirige vers des échelons métalliques scellés dans le roc. Ils mènent quelques mètres plus haut jusqu'à une trappe ronde.

– C'est un raccourci... dit Cléo.

Stan se sent bizarre. Le regard de Julien pèse sur lui. Ce grand gars costaud et gracieux se méfie de lui. Il est très attaché à Cléo... A son tour Stan grimpe les échelons en lançant un timide « au revoir » à Court-Jus et à Julien. Au-dessus de lui, Ulric ouvre la trappe. Une odeur répugnante s'en échappe...

LA TAUPE EST ASSIS DANS SON FAUTEUIL PIVOTANT, DEVANT SES ÉCRANS DE CONTRÔLE DONT LA PLUPART MONTRENT des parkings inondés. Le niveau de l'eau monte inexorablement. Trois fois déjà la Taupe a cherché à joindre Onésime, mais celui-ci ne répond plus depuis qu'il est descendu dans les sous-sols.

La Taupe regarde avec horreur ses écrans. L'eau est son pire ennemi, elle s'infiltre partout. Quelque chose coule sur sa joue rose et lisse : une larme ! Il ne se souvient pas de la dernière fois où cela lui est arrivé. Cette larme l'agace.

– Il y a bien assez d'eau comme ça !

Il voudrait en rire, mais ses mâchoires sont crispées. Pour la première fois, il se sent seul, immensément seul... D'une main tremblante il ouvre une boîte contenant des cachets roses et en avale deux. Il n'arrive pas à détacher son regard des écrans. Le sommeil le prend d'un coup et il sombre dans un rêve agité. Son visage poupin et lisse est secoué de tics, les reflets des téléviseurs donnent à sa peau une teinte d'un gris-bleu phosphorescent...

... Dans son rêve la Taupe se voit adolescent. Il s'appelle encore Tristan, mais cette fois c'est lui qui a gagné. Il est devenu le Gardien de la Carte. Il tient le parchemin sacré entre ses mains et le déroule religieusement. La Carte ! Enfin elle lui appartient !... Au fur et à mesure qu'il la déroule, Tristan en distingue les détails aussi clairement que s'il était éveillé. Les multiples niveaux qui s'entrecroisent, les annotations reportées de génération en génération... Soudain il perçoit un bourdonnement : du centre de la carte surgissent des abeilles ! Fous de rage les insectes l'agressent, s'agrippent à sa chair, le piquent au visage. Tristan hurle et s'enfuit.

Une fois de plus, son rêve devient cauchemar. Le visage en feu il fuit dans les souterrains du passé, retourne sur les lieux familiers de son enfance. Il reconnaît cette caverne, l'odeur de soufre... La Source... Il dévale les gradins et se jette dans l'eau chaude, espérant y calmer ses piqûres.

Lorsqu'il ressort la tête de l'eau, Tristan est foudroyé : ils sont tous là qui le regardent ! Ses parents, ses amis, les autres enfants, les femmes, les anciens... ils le montrent du doigt et se mettent à rire de plus en plus fort. Tristan sent son visage qui gonfle et le brûle, la honte le submerge. Il voudrait se cacher, disparaître au fond d'un trou...

Ce malaise le réveille. Dans la salle de contrôle, les écrans sont brouillés, comme si toutes les connexions avaient sauté en même temps. Il se redresse, repense à la Source, ces eaux chaudes où il aimait tant jouer, enfant. Il revoit Clovis au même âge, son éternel rival, toujours plus beau, toujours plus fort...

La Taupe a une intuition fulgurante : Clovis... La Source ! Ce rêve n'est peut-être pas venu par hasard. Il lui indique sûrement une direction à suivre. Clovis pourrait-il s'être réfugié là-bas pendant les inondations ?

La Taupe met ses lunettes noires et appelle son chauffeur.

Quelques minutes plus tard, la limousine aux vitres fumées s'arrête silencieusement devant le bunker souterrain. Cette fois-ci, il a décidé d'aller lui-même sur le terrain. Mais saura-t-il retrouver le chemin de la Source après toutes ces années ?

Akim est l'un des meilleurs guetteurs, c'est lui qui avait repéré le trio accompagné du chien noir rue Cuvier, et c'est encore lui qui se tient, essoufflé, devant Clovis. Il vient d'entendre le chien près de l'Ossuaire : leurs ennemis se rapprochent dangereusement. Clovis est inquiet.

– Il faut cesser tout transport du matériel et s'occuper d'eux en priorité...

– J'ai pensé à une chose, dit Julien gravement. Si on éliminait le chien, ils ne pourraient plus nous trouver...

– L'éliminer ! Tu veux dire le tuer ? Non Julien, pas question ! N'oublie pas que sans ce chien je serais sans doute noyé à l'heure qu'il est, dans les bras de Sequana.

Ses sourcils se froncent, il pense à toute vitesse.

– Par contre nous pourrions essayer de leur reprendre Naska.

– J'ai peur pour Cléo et Stan, dit Selma. Si le chien arrive jusqu'à eux, Ulric ne pourra rien faire, seul contre ces sauvages...

– Naska ne pourra pas suivre la piste suivie par Ulric, crois-moi, je les ai fait passer par les jardins de Court-Jus et le Pipe-Line aux engrais...

– Dans cette puanteur ?

– C'est pour mieux brouiller leur piste. Après ils iront tout droit chez Florimont et là ils seront en sûreté. Quant à nous, c'est le moment d'agir. La meilleure défense, c'est l'attaque !

Clovis sort la Carte de son carquois et la déroule soigneusement sur le sol, devant les siens. La Carte est un talisman, un lien magique les rattachant au passé de cette ville qu'ils adorent comme un dieu. Clovis s'agenouille. Avec ses cheveux longs et sa barbe, il ressemble à un chaman.

Il laisse flotter sa main au-dessus de la carte. Ses doigts tremblotent, glissent sur des circuits familiers et palpent les différents niveaux qui s'entremêlent...

Il pose l'index sur l'Ossuaire, puis de là essaye de deviner l'itinéraire que Naska va suivre. Ce n'est plus avec les yeux qu'il regarde la Carte : les pupilles dilatées il semble observer les ombres dansantes sur les parois de la caverne, tandis que ses doigts se promènent doucement sur les tracés du parchemin. Tous se taisent, respectent sa concentration. Son doigt s'immobilise sur un point précis, une canalisation débouchant sur la Seine :

– Là ! Ils vont passer par là...

Stan a le tournis, prisonnier de ce vaste tuyau puant. Il essaye de ne pas marcher dans la rigole d'eau boueuse, mais le sol est incurvé. Mal à l'aise, il se souvient de textes de Victor Hugo où il est question du « ventre » de Paris, de caniveaux charriant des tonnes d'immondices. Pour le réconforter, Ulric lui explique que ces matières produisent un formidable engrais pour les jardins de Court-Jus.

Le vieil homme va devant ; le faisceau de sa lampe frontale suit les mouvements de sa tête et ricoche sur les parois tubulaires. Le moindre son se répercute en échos démultipliés. Et toujours, rassurante luciole, Cléo le suit, agile et silencieuse.

Au bout du tunnel, un cercle de lumière grise. Stan n'est plus qu'à quelques pas de la sortie et inspire par mégarde une grande bouffée des écœurants effluves. Ces odeurs innommables lui retournent l'estomac. Il s'accroupit pour reprendre son équilibre.

Cléo est là tout de suite. Ulric tourne sa lampe vers eux, éclaire un instant le ruisseau marron entre leurs pieds. Stan ne peut s'empêcher de vomir. Ulric le prend par les épaules et le relève ; il est fort pour un homme de son âge :

– Viens, ne restons pas là.

Soutenu par Ulric, Stan sort enfin du pipe-line et pénètre dans une galerie plus large, où il peut enfin reprendre son souffle.

L'air de cette galerie a beau être confiné, fleurant la moisissure, il le trouve divin. Percevant les vibrations du sol, il en conclut que la surface ne doit plus être trop loin. Cela lui redonne espoir.

Cléo déverrouille une porte qui les mène dans des salles où tournent à plein régime de bruyantes machines. On se croirait dans les entrailles d'un paquebot. L'eau arrive là par des canalisations, bouillonne dans des turbines. Le bruit est intense; ils passent rapidement le long de passerelles. Ulric ouvre une autre porte. Derrière, un autre univers, vaste et calme.

Stan est cloué de surprise devant le spectacle qui s'offre à lui : une enfilade de voûtes, de piliers, d'arcades qui enjambent une multitude de bassins à perte de vue. Une petite Venise souterraine ! Quelques ampoules jettent une lueur tremblotante sur l'eau calme des réservoirs.

Ils s'approchent sans rien dire. Ulric s'accroupit et, comme dans un ballet bien réglé, Léopold, qui séjournait dans la poche de sa veste, saute à terre. Le rat se dresse sur ses pattes et renifle l'air humide. Le vieil homme sort un gobelet de sa sacoche et s'agenouille près de l'eau. Il le rince, le remplit et le tend à Stan :

– Un peu d'eau pure, messire ?

Stan prend le gobelet sans savoir que faire.

– Le meilleur des médicaments, insiste Ulric.

Il goûte. L'eau est bonne, avec un arrière-goût de roche, si fraîche qu'elle chasse les miasmes des égouts. Ulric désigne les lieux :

– C'est l'un des réservoirs de la ville de Paris, dit-il, et de l'eau de source, en plus...

Stan est épuisé. Découragé, il s'assied sur un muret :

– Mais quand va-t-on sortir d'ici ? Il faut que je rentre chez moi, ma mère va s'inquiéter ! Et Naska ? Où est-elle ? Je sens qu'elle me cherche... J'ai peur pour elle.

Ulric s'accroupit devant lui et pose ses mains sur ses genoux :

– Tout doux mon jeune ami... Ce n'est pas le moment de craquer. Nous sommes presque arrivés. Tu vas pouvoir téléphoner chez toi ; dans moins d'une heure nous serons au chaud et au sec. Quant à Naska, Clovis a promis de s'occuper d'elle. Il faut lui faire confiance. Pour l'instant, arrêtons-nous quelques minutes pour souffler, on en a bien besoin après toutes ces puanteurs, pas vrai ?

Le rat éternue avec vigueur à plusieurs reprises, puis bondit et se juche fièrement sur l'épaule de son maître.

Stan sourit, il ne pensait pas qu'un rat puisse s'apprivoiser à ce point. Léopold a plutôt une belle tête avec ses moustaches soyeuses, ses yeux brillants, ses oreilles délicates, son museau rose et son pelage lustré. Ce rat si bien dressé dissipe ses inquiétudes.

Ulric s'est assis à côté de Stan. Il prend sa pipe et sa blague à tabac dans la sacoche. Un peu plus loin, Cléo, agenouillée, passe de l'eau sur son visage. Stan admire les lieux, la succession des voûtes :

– C'est dingue, on pourrait faire du bateau là-dessus... Toute cette eau dans Paris et sous Paris, je n'en reviens pas ! Les eaux de pluie, la Seine qui monte, les ruisseaux, les caniveaux, les lacs souterrains, et maintenant ça ! Je ne savais pas que Paris était une ville d'eau !

– Et comment ! lance Ulric. « Fluctuat nec mergitur »... Tu connais la devise de la ville de Paris ? dit-il en bourrant sa pipe. Elle signifie : « Ballottée par les flots, elle ne coule pas ». Les gardiens de la ville sont des Nautes, des experts en navigation, et l'emblème de Paris est un navire. Montre-lui ton collier, Cléo.

– Euh... je l'ai laissé sur mon établi. Le fermoir est cassé.

Troublée, elle lance un regard à Stan qui se sent rougir. Un silence s'installe ; Ulric allume son tabac et laisse monter des volutes de fumée odorante. Sa voix douce, un peu rauque, résonne sous les arches.

– Eh oui Stan, Paris est née de l'eau. C'est difficile à croire aujourd'hui, mais il y a très longtemps, notre Bassin Parisien était recouvert par les océans originels. Les eaux tièdes abritaient aussi bien des crevettes que des baleines... Et puis la mer a commencé à se retirer. Des îles et des lagunes ont émergé, les formes de vie se sont diversifiées et multipliées sur les terres...

– Ici même ? demande Stan les yeux ronds.

– Toute cette région est sortie de la mer. Ce n'est pas pour rien qu'on l'appelle l'Ile de France. Essaye un peu de t'imaginer les rues parisiennes comme un paysage tropical couvert de palmiers et d'araucarias... Des eaux grouillantes de vie où règnent le crocodile, le requin et l'hippopotame.

– Des hippopotames ?

– Parfaitement, on a retrouvé des dents d'hippopotames sous la rue de Grenelle, des os de bisons boulevard Raspail, de rhinocéros à Saint-Germain...

– Des rhinocéros à Saint-Germain ?

Stan tente d'imaginer la fameuse place parisienne avec son église et ses bistrots élégants, parcourue par des rhinocéros et des hippopotames...

Se réjouissant de voir Stan reprendre des couleurs, Ulric continue :

– Tout au long des millions d'années, des myriades de petits coquillages ont proliféré à l'infini dans les mers et ce sont leurs coquilles, leurs dépouilles si tu préfères, qui ont servi, longtemps plus tard, à construire Paris.

– Mais comment peut-on construire une ville rien qu'avec des coquillages ?

Cette fois c'est Cléo qui a posé la question en s'approchant d'eux, le visage encore mouillé.

– Si tu regardes une simple trace de craie au microscope, tu y découvriras des quantités astronomiques de minuscules sphères agglomérées : ce sont des coquillages. La craie est composée de sédiments marins. Pendant des millions d'années, les coquilles se sont accumulées au fond des océans jusqu'à former les fameuses carrières de craie et de gypse dont est sortie Paris. Paris, née d'un coquillage... Ce n'est pas une ville comme les autres, crois-moi, Stan. La mémoire de l'eau est partout en elle.

Stan est gagné par une profonde émotion. Ulric tire sur sa pipe, la fumée se perd au-dessus de l'eau calme des réservoirs, donnant à l'endroit un aspect plus irréel encore. Il se tourne vers Stan :

– Dis-moi : où es-tu né ?

– A Paris, dans le XIe arrondissement.

– Est-ce-que tu aimes ta ville ?

Stan est déconcerté :

– Euh... Je suppose... Je ne me suis jamais posé la question...

Le vieil homme hoche la tête d'un air entendu :

– On a rasé les forêts, bétonné le fleuve Sequana, ratiboisé les collines, on a éliminé la Bièvre et les marais, on a coupé Paris de ses racines aquatiques... les jeunes d'aujourd'hui n'ont plus accès aux vraies beautés de la ville.

– C'est pour ça que vous êtes sous terre ? demande Stan timidement.

– Oui. Tu as compris. Nous sommes les gardiens d'un Paris oublié. Les traces de ce passé se trouvent sous terre. Toute l'histoire de Paris est écrite entre les couches de calcaire et de gypse. Plus on descend sous la ville, plus on remonte dans le temps...

Le lointain vrombissement d'un moteur brise le charme du moment. Ulric fouille dans son sac.

– Au fait, vous avez peut-être faim ? demande-t-il à Stan et Cléo.

Tel un lutin qui comprend tout, Léopold apparaît devant lui.

– Toi évidemment, tu es toujours affamé !

Il sort quelques noisettes et les fait rouler sur le sol. Le rat se précipite pour les grignoter à sa guise.

Stan ne voit même pas que le vieil homme lui tend un fruit sec, tant il est fasciné par ce rat qui comprend si bien ce qu'on lui dit. Ulric sourit.

– Ses ancêtres ont vécu sur ces rivages depuis des milliers, des millions d'années, les rats sont les rois de la survie. Ils savent des tas de choses que nous ignorons et sont en contact avec des forces surnaturelles. C'est peut-être pour ça qu'ils sont mal aimés : parce qu'ils sont trop intelligents.

– Mais comment pouvez-vous le savoir ? demande Stan, en fronçant les sourcils.

– Ma famille connaît la famille de Léopold depuis longtemps, et nous sommes tous deux originaires de Lutèce. C'est une histoire qui commence en un temps où la Bièvre coulait encore à Paris.

Une bien belle rivière, qui se jetait dans la Seine à la hauteur du pont d'Austerlitz. Une rivière où vivaient encore des castors au siècle dernier...

– Des castors ici, à Paris ?

– En vieux français, « bièvre » veut dire castor ; en anglais on dit « beaver ». Mais tiens, mange un peu.

Il tend à nouveau la figue à Stan, en donne une autre à Cléo.

Songeur, Stan la prend et mord dedans mécaniquement, faisant croquer les petits grains sous ses dents. Elle est parfumée et moelleuse à souhait. Il imagine le périmètre de la gare d'Austerlitz et du Jardin des Plantes, boisé, à la confluence de la Bièvre et de la Seine. Un lieu sauvage, plein d'oiseaux, avec du gibier à foison, des eaux poissonneuses et une Seine large de plusieurs centaines de mètres... En un autre temps...

Ulric déploie un carré de tissu à même le sol et pose dessus une bougie, des allumettes, deux sachets contenant des figues et des noisettes. Puis il se lève :

– Bon. Voilà de quoi faire un petit pique-nique, leur dit-il. Vous allez rester ici sans bouger. Moi je vais examiner les environs pour voir si nous pouvons sortir. Léopold reste ici et montera la garde, mais soyez vigilants.

Sans leur laisser le temps de répondre, Ulric s'esquive le long d'une passerelle. Il se déplace sans bruit ; bientôt il a complètement disparu.

Pour se donner une contenance Stan prend la bougie, l'allume et fait couler un peu de cire sur le sol de façon à la fixer.

– En sortant d'ici, où ira-t-on ?

– Tu sais bien : chez Florimont, répond Cléo, laconique.

– Oui, mais justement « Florimont » ça ne me dit rien, figure-toi…

– C'est un jardinier.

Stan soupire et s'assied en tailleur devant le tissu. Boudeur, il prend une noisette, une figue, et les met ensemble dans sa bouche. Après avoir énergiquement mâché, il finit par lancer :

– Pourquoi ne veux-tu rien me dire ?

– Mais je t'ai déjà dit plein de choses, Stan, trop de choses !

– Merci pour la confiance…

– Ce n'est pas une question de confiance, enfin ; essaye de comprendre…

– Mais je ne dirai jamais rien à personne, je te le jure !

– Bon, alors… qu'est-ce que tu veux savoir exactement ?

Les yeux de Cléo scintillent dans la lueur de la bougie. Stan est pris au dépourvu, mais sait quoi demander :

– Mais enfin, qui êtes-vous ?

Cléo sourit et soupire. Elle se penche vers lui comme pour chuchoter un secret. Sa main fine se pose sur son poignet.

– Je croyais que tu avais compris, répond-elle, après ce que vient de dire Ulric.

– Compris quoi ?

– Que nous sommes les descendants de nautes, de bateliers, de chasseurs-pêcheurs qui ont, les premiers, vécu ici.

– Les Parisii… murmure Stan incrédule.

– Ulric dit qu'à cette époque la Seine était plus grande que l'Amazone, avec des îles partout. C'est là que vivaient les tribus parisii. Les seules îles qui restent aujourd'hui sont l'île Saint-Louis et l'île de la Cité.

– Tu parles de ce temps-là comme si tu l'avais vécu.

– Ulric te l'a dit : nous sommes des gardiens du passé. Ainsi, la pirogue dans laquelle tu es arrivé au pont d'Austerlitz, c'est une vraie de l'ancien temps.

– Une vraie ?

– Clovis dit qu'elle a été creusée dans un gros chêne, il y a plus de cinq mille ans, comme les pirogues trouvées à Bercy.

– Tu rigoles ?

– Tu n'es pas obligé de me croire…

Stan a soudain envie de la prendre dans ses bras, mais il n'ose pas.

Des sifflements stridents les font sursauter : Léopold tourne la tête de droite à gauche tout en lançant son cri d'alerte. Cléo éteint la bougie, plie les affaires et entraîne Stan dans l'ombre, lui faisant signe de ne rien dire.

Ils s'accroupissent derrière un pilier, l'un contre l'autre, immobiles et silencieux. Le cœur de Stan bat à tout rompre ; il sent contre lui les légers frémissements de Cléo. Plus loin, là-bas, des bruits de pas et des faisceaux de torches électriques s'approchent. Stan entrevoit une casquette. Des gardiens…

UNE ODEUR DE VINAIGRE MONTE AUX NARINES DE NASKA. ELLE RALENTIT LE PAS, DEVIENT MÉFIANTE ET OBSERVE LE QUAI QUI SURPLOMBE le torrent d'eau boueuse. Les eaux de pluie coulent dans un vacarme de cascade.

Naska n'aime pas ces hommes qui la suivent comme son ombre. Elle devine que Stan est en danger quelque part. Elle doit à tout prix le retrouver.

L'odeur de vinaigre se précise. Elle renifle d'autres présences. Sa réaction n'échappe pas à Onésime. Il fait signe aux Jumeaux qui se figent, il y a quelqu'un, là-bas sur le sol…

Assis par terre, Clovis chantonne, bouteille à la main, face au torrent d'eau sale qui gronde en contrebas. Il a caché sa chevelure sous un vieux chapeau et s'est accoutré comme un clochard. Il a même répandu un peu de vin sur son pantalon pour faire plus vrai. L'odeur de vinaigre qu'a flairée Naska.

Clovis entend les trois hommes s'approcher, mais il continue de regarder droit devant lui tout en chantonnant une rengaine d'autrefois. Pourvu que ses amis cachés tout près ne se fassent pas repérer ! Un faisceau lumineux se pose sur lui. Il feint de l'ignorer et continue à monologuer, la bouteille en évidence. Le bruissement de l'eau couvre ses paroles.

Onésime retient Naska, il se méfie. C'est d'ailleurs pour cela que la Taupe l'a engagé : c'est un homme d'intuition. Ses années à parcourir les montagnes ont affiné ses sens. Il pouvait sentir l'odeur d'une ferme à des kilomètres, ou bien entendre la cloche d'une église d'une vallée à l'autre.

Son instinct lui dit de ne pas bouger. Derrière lui, les Jumeaux attendent ses ordres, parfaitement immobiles, prêts à entrer en action, l'un avec sa lame affûtée, l'autre avec ses explosifs. Onésime essaye de comprendre ce que marmonne le clochard. Il tient fermement le collier de Naska et la sent vibrer d'impatience. Pourquoi réagit-elle ainsi ?

Clovis est de moins en moins rassuré. Il devine que l'homme hésite, et retient le chien. Si seulement Naska pouvait se libérer, ses compagnons pourraient alors agir. Tentant le tout pour le tout, Clovis se tourne vers le chien et l'appelle de toutes ses forces :

– NASKAAA !

Folle de joie elle reconnaît la voix, l'odeur masquée par le vin ; c'est l'homme qu'elle a sauvé dans le fleuve. Cet homme-là peut la mener à Stan ! Avec une force redoublée elle bondit, déséquilibrant Onésime, échappant à sa poigne. Elle se précipite vers Clovis.

Elle a déjà franchi la moitié du chemin lorsque Julien et le Tatoué ouvrent une vanne d'où jaillissent des masses d'eau avec une extraordinaire violence. Le plan de Clovis semble avoir réussi. Naska est près de lui, les trois hommes ne peuvent plus passer. L'eau fait un bruit assourdissant et forme une infranchissable barrière. Clovis entraîne Naska.

Blottis l'un contre l'autre dans l'ombre, tremblants de peur, Cléo et Stan voient s'approcher les deux gardiens. Rien ne semble pouvoir les sauver. C'est alors que Léopold surgissant de nulle part, poussant des cris stridents, se met à tournoyer autour des pieds des gardiens, tel un diable sorti de sa boîte.

– Un rat ! crie l'un des gardiens.

– Ma parole, il doit être enragé ! Fais attention qu'il ne te morde pas ! crie l'un des hommes en sortant une longue matraque qu'il frappe violemment sur le sol, faisant résonner tout le réservoir de claquements sinistres.

Léopold sautille en tous sens, tant et si bien que les gardiens ne parviennent pas à le frapper. Son manège réussit à les éloigner de Cléo et de Stan. Mais l'un des gardiens vient de brandir une petite bombe lacrymogène, et en fait jaillir un nuage de gaz qui l'enveloppe. Léopold ne paraît plus si sûr de ses mouvements. L'homme le poursuit et lui envoie un coup de pied qui

le projette en l'air. Il retombe avec un gros plouf dans le réservoir.

A moitié étouffé par le gaz, Léopold tente de surnager en toussotant ; il agite frénétiquement les pattes pour se maintenir à flot, ce qui fait rire les gardiens. Mais ils se lassent vite du spectacle et font demi-tour.

Impuissants, Cléo et Stan regardent Léopold en train de se noyer. Ils doivent attendre que les gardiens s'éloignent pour tenter quelque chose. Le rat se maintient à peine à la surface.

Les gardiens ont enfin disparu ; Cléo secoue nerveusement la manche de Stan :

– Vite, Stan ! Il faut le sauver ! Sauve-le !

Il est presque trop tard, le museau du rat vient de disparaître, petit bouchon tiré vers le fond. Stan comprend que Cléo tient à Léopold autant qu'à un frère. Il retire sa veste, ses bottes, met le pied dans l'eau glaciale... Il est bon nageur, mais cette étendue d'eau calme lui fait peur. Le rat a disparu à quelques mètres seulement, laissant un petit remous à la surface.

Stan se laisse aller dans l'eau ; il ne peut réprimer un cri, tant le froid lui serre la poitrine. L'eau est lourde, froide comme du marbre liquide. Il plonge en canard, les yeux ouverts, et nage vers les profondeurs obscures. Le temps se ralentit, Stan ne sent plus le froid, il pourrait se laisser couler sans plus penser à rien...

Près de Clovis, Naska vient de tomber en arrêt : Stan ! Son instinct de labrador lui dit qu'il est en danger, dans l'eau ; elle le sent dans toutes les fibres de son corps.

Clovis s'étonne de la voir s'immobiliser ainsi. Avant qu'il n'ait eu le temps de réagir, Naska s'est jetée dans le torrent boueux qui roule vers la Seine. Il tente de la rattraper, mais trop tard, elle est déjà emportée par les flots tumultueux. Julien et Court-Jus poussent des cris de dépit en la voyant disparaître. Au même instant le souffle d'une explosion les projette au sol. Tao est entré en action...

Entre deux eaux Stan discerne la petite silhouette qui coule; il nage vers le rat, tend la main; son corps est mou. Il remonte très vite vers le bord. Cléo prend l'animal des mains de Stan.

Transi et dégoulinant, ses habits collés par l'eau, il lui faut quelques secondes pour remonter sur la passerelle. Cléo tient le rat entre ses mains, tout près de sa bouche, elle lui insuffle sa chaleur. Stan est déconcerté par cette intimité. Léopold éternue, Cléo le caresse, le rassure avec des mots gentils. A peine se tourne-t-elle vers Stan pour lui demander tout bas:

– Sois gentil, rallume la bougie.

Stan tremble tellement qu'il a du mal à le faire. Lorsqu'il y est enfin parvenu, Cléo s'approche, tenant Léopold tel un minuscule bébé enveloppé dans du tissu. Elle s'agenouille près de la bougie pour le réchauffer, en lui chuchotant des mots d'encouragement:

– Tout va bien Léopold, tu vas t'en sortir... T'en as vu d'autres, pas vrai? T'es un dur à cuire, toi! T'inquiète pas, Ulric va bientôt arriver.

On dirait une cérémonie dans une chapelle à moitié engloutie. Stan est fasciné, mais il n'en claque pas moins des dents, si fort que Cléo l'entend. Elle se tourne vers lui :

– Oh, Stan ! Mais tu es complètement gelé, toi aussi !

Il piétine sur place, bras croisés sur la poitrine, tremblant comme une feuille dans ses habits trempés, incapable de répondre. Cléo pose délicatement le rat dans son cocon de tissu, près de la bougie. Elle ramasse la veste de Stan et la lui met sur les épaules, mais il tremble si fort qu'elle finit par le prendre dans ses bras.

Le contact des vêtements mouillés la fait sursauter de froid, mais elle ne desserre pas son étreinte et lui frotte le dos avec vigueur. Ils restent ainsi l'un contre l'autre, instant fragile et vibrant.

Des bruits de pas résonnent : s'il s'agit des gardiens, cette fois rien ne pourra plus les sauver…

Un autre chien n'aurait sans doute pas survécu à une telle masse d'eau en mouvement et se serait noyé dans les flots de boue. Mais Naska vient du Labrador, à l'est du Canada, l'une des régions les plus rudes du globe, une terre souvent enneigée, battue par le blizzard, traversée par des fleuves majestueux et glacés, brassée par des torrents, la terre des loups.

Naska est une force de la nature, elle adore l'eau, même glaciale et tumultueuse. Ses pattes palmées lui ont certainement permis de survivre. Après avoir été chahutée dans les canalisations, elle se retrouve à nouveau dans la Seine…

La limousine de la Taupe roule à bonne allure sur les quais. Installé à l'arrière, il parle nerveusement au téléphone. Onésime se fait passer un savon : il a échoué dans sa mission. Il a beau expliquer que Haïku a retrouvé la trace du chien grâce à l'émetteur, la Taupe ne décolère pas...

Soudain le chauffeur freine brutalement. La voiture fait une embardée. La Taupe, précipité sur la banquette, insulte le chauffeur, qui jure qu'un chien noir s'est jeté sous ses roues.

– Un chien noir ? Serait-ce possible ? Vas-y, suis-le, ne le perds pas de vue où je t'embroche !

Le chauffeur s'efforce de suivre le chien noir. La Taupe appelle Onésime et les Jumeaux en renfort.

L'air sent encore la poudre de l'explosion. Clovis grimace en regardant la blessure de Court-Jus allongé dans les gravats : c'est une fracture ouverte du tibia ; l'os pointe sous le pantalon taché de sang. Livide, couvert de sueur, Court-Jus gémit. Julien crie de rage en direction du sinistre trio qui vient de disparaître.

– Avec Julien on va te transporter à la Source. Selma s'occupera de ta jambe...

– Et... le chien ? demande courageusement Court-Jus.

– Elle a sauté dans le canal d'évacuation. Je ne sais pas ce qui lui a pris. Elle a sans doute pressenti l'explosion. C'est un canal qui débouche dans la Seine, répond Clovis en priant intérieurement pour que Naska survive à cette épreuve.

Court-Jus a encore quelque chose à dire. Il laisse passer une vague de douleur et parvient à articuler en serrant les dents :

– Un des Jumeaux… Celui au sabre… Je l'ai vu… il a un récepteur, pour suivre le chien…

Clovis est glacé d'horreur : si Naska survit, elle finira par retrouver son maître et ramènera dans son sillage leurs pires ennemis. Stan, Cléo et Ulric sont donc en danger.

Naska n'a pas conscience de la voiture noire qui s'efforce de la suivre. Elle ne se préoccupe pas non plus de l'émetteur fixé à son collier. Elle n'a qu'un but en tête : retrouver Stan. A cause de la pluie la piste est difficile à suivre. Elle lève son museau parmi les gouttes, s'efforçant de se repérer sur les réseaux invisibles que perçoivent les animaux. La présence de la Seine l'aide à retrouver ses marques. Elle sent confusément que Stan n'est pas très loin.

Ouf ! Cléo souffle de soulagement. La silhouette qui s'approche sur la passerelle n'est pas celle d'un gardien, c'est Ulric. Il ne paraît pas trop alarmé en voyant Léopold :

– On dit des chats qu'ils ont neuf vies. A mon avis les rats en ont au moins une de plus !

Il le prend dans la main et lui masse vigoureusement la colonne vertébrale avec deux doigts. Léopold lève affectueusement la tête vers lui, s'anime, se redresse. Un instant plus tard il saute sur le sol, s'ébroue et commence à lécher ses pattes avec autant d'application qu'un chat.

– Hier c'est ton chien qui sauvait Clovis, dit Ulric, aujourd'hui c'est toi qui sauves Léopold; ça devient une habitude!

– C'est surtout Léopold qui nous a sauvés des gardiens! corrige Stan. Et puis nous aimons tellement l'eau...

– Nous aussi nous adorons l'eau, en bons Parisiens, mais nous sommes plus doués sur l'eau que dans l'eau! précise Ulric en souriant.

– Moi c'est le contraire, je passe l'été à nager dans les vagues, mais en bateau j'ai le mal de mer, dit Stan qui frissonne de froid.

– Tu es gelé! Allez, on va te réchauffer un peu, Stan. D'abord retire ta chemise mouillée.

– Je préfère pas… je risque d'avoir encore plus froid.

– Ne fais pas la poule mouillée, dit Cléo en riant. Ulric va bien te réchauffer, tu vas voir.

– Enlève aussi tes chaussettes trempées, ajoute Ulric en déployant un tissu sur le sol pour qu'il puisse s'y asseoir.

Stan retire chemise et chaussettes puis s'assied, dos et pieds nus. Ulric s'installe en tailleur, prend le pied de Stan et frappe la voûte plantaire plusieurs fois du plat de la main. Cela claque comme une gifle. Stan pousse un cri.

– L'artère plantaire passe par là, explique Ulric. En la stimulant on fouette le sang. Tu dois commencer à sentir une chaleur qui monte?

– Oui…

Ulric fait signe à Cléo de le remplacer. Assise en tailleur, elle pose les deux pieds de Stan sur ses jambes près de son ventre et imite Ulric.

– Tape plus fort Cléo !

Effectivement une bienfaisante chaleur envahit bientôt les pieds et les jambes de Stan.

Ulric s'est mis à genoux derrière lui. Il pose une main à plat sur son plexus, et frotte son poing fermé le long de sa colonne vertébrale de haut en bas, avec une vigueur qui étonne Stan. Entre Cléo qui lui tape la plante des pieds et Ulric qui frictionne sa moelle épinière, Stan doit reconnaître qu'il n'a plus froid du tout !

Réchauffés et rassérénés, Stan et ses compagnons se remettent en route.

Au bout du réservoir, Ulric pousse une porte et ils se retrouvent enfin tous trois – quatre avec Léopold – à l'air libre, sous la pluie, devant une grande pelouse entourée de clôtures. Stan a l'impression de revenir d'une longue plongée dans les profondeurs.

Autour d'eux, fendant le déluge, des murailles d'immeubles illuminées par des milliers de fenêtres font penser à des proues de paquebots titanesques. Ces lumières dans la tourmente réchauffent le cœur. Paris la « Ville Lumière ».

Seule la tête de Léopold dépasse de la poche de veste d'Ulric. Le rat est attentif à tout ce qui se déroule, tel un bébé kangourou. Ulric désigne un portail. La pluie et la nuit les aident à l'escalader sans être vus, et ils se retrouvent dans la rue pluvieuse, redevenus de simples passants.

D'être ainsi ramené dans une rue de Paris avec ses voitures, ses feux rouges, ses magasins, après ce qu'il vient de vivre sous terre, Stan se sent déphasé. La réalité lui remonte en mémoire : la disparition de Naska, ses parents qui doivent s'inquiéter... Et justement, il y a une cabine téléphonique devant eux. Ulric paraît lire ses pensées.

– Vas-y Stan, appelle tes parents.

Au téléphone Stan s'efforce de paraître aussi normal que possible, esquivant les questions trop précises de sa mère qui se fait un sang d'encre : son père a prévenu la fourrière, appelé le commissariat, parlé aux commerçants... Stan ne peut cacher son inquiétude lorsqu'il apprend qu'un homme étrange a questionné le boucher à propos de Naska.

Songeur, Stan sort de la cabine. Le froid et la fatigue commencent à produire leur effet. Ils repartent. Ulric a décidé d'aller chez Florimont à pied. C'est, a-t-il dit, le moyen le plus sûr de passer inaperçu : avec la pluie, les gens restent à l'abri, ou filent à toute vitesse sous leur parapluie sans prendre le temps de se regarder.

Au bout d'un moment, ils arrivent sur une place au centre de laquelle se trouve une fontaine avec des créatures marines crachant des gerbes d'eau.

– Comme s'il n'y avait pas assez d'eau ! soupire Cléo.

Tous trois sont trempés des pieds à la tête. La pluie est devenue plus violente, et ils s'abritent sous une porte cochère. Pris d'une inspiration, Ulric leur dit de ne pas bouger et disparaît.

Il revient cinq minutes plus tard avec trois crêpes chaudes et odorantes, enveloppées dans du papier. Léopold est le premier à se manifester : il pousse un cri aigu en sortant la tête de la poche.

– Mendiant ! Pour la peine tu seras servi en dernier ! lui dit Ulric un demi-sourire aux lèvres, distribuant une crêpe à Stan et une autre à Cléo.

Pour Stan, cette crêpe chaude agit comme un formidable remède à la mélancolie. Ce goût de pâte grillée et sucrée lui rappelle de bons souvenirs bretons, lui réchauffe le cœur et le ventre. La vie a quand même du bon !

Ulric a glissé un morceau de sa crêpe dans la poche où se trouve Léopold. Tendant le doigt vers le mur de pierre de l'immeuble contre lequel ils s'abritent, il dit à Stan :

– Tiens, tu te souviens de ce que je t'ai raconté sur Paris tout à l'heure ? Paris, la ville sortie de l'eau, Paris la Blanche, construite sur des montagnes de coquillages... Eh bien, regarde...

Stan s'approche. Des traces de coquillages sont effectivement visibles dans les pierres du mur.

– Des fossiles, explique Ulric.

Stan en remarque à présent des dizaines, des centaines d'autres, incrustés dans les murs de l'immeuble. Minuscules coquillages, chapeaux pointus, spirales aplaties... il y a là tout un monde, les vestiges d'un passé aquatique grouillant de vie.

– C'est un immeuble spécial ? demande Stan.

– Pas du tout. Regarde autour de toi dans Paris, tu trouveras des traces de coquillages fossilisés dans les murs, les quais, les escaliers. Même le gravier des jardins publics est plein de nummulites.

– De nummu... quoi ?

– Des fossiles de coquillages en forme de petites pièces de monnaie.

– Des coquillages, toujours des coquillages !...

Stan termine sa crêpe, les yeux rêveurs. Ulric profite de cette embellie d'humeur pour entraîner à nouveau Stan et Cléo sous la pluie.

– Le plus étrange, continue Ulric, c'est que Paris elle-même a la forme d'un coquillage, avec la Seine qui coule au milieu.

– Bof, moi je ne trouve pas que Paris ait la forme d'un coquillage, dit Stan en secouant la tête.

– Eh bien si tu prends les arrondissements dans l'ordre, tu verras qu'ils se déroulent en colimaçon. Le premier arrondissement est situé au centre, près de la Seine et du Louvre, puis le deuxième se trouve à côté, un peu vers l'est, et ainsi de suite, tous les arrondissements se suivent en forme de spirale, jusqu'au vingtième, situé aux limites extérieures de la ville...

Ils continuent à parler tout en marchant sous la pluie. Ulric dévoile à Stan un Paris qu'il n'avait jamais soupçonné, lui qui est pourtant né dans cette ville.

Ils arrivent au bord de la Seine. Un instant ils restent silencieux, les yeux perdus dans le courant, admirant les vagues qui se soulèvent autour des piliers du pont. Ulric fait un geste devant la puissance du courant.

– Tu vois, même en furie, j'aime ce fleuve, Sequana, la Seine, le berceau de Lutèce... Un jour il est énorme, il gronde, un autre jour il est bas et paisible. C'est lui qui fait battre le cœur de la ville.

– Maintenant son eau est polluée, dit tristement Stan.

– Tu dis vrai. Mais j'ai foi en la Seine. Regarde-la qui gonfle. Elle emporte tout, elle est la mémoire de Paris. Tu verras qu'un jour elle reprendra ses droits et redeviendra un fleuve sauvage avec des poissons, des oiseaux... Il n'y a pas si longtemps on se baignait encore dedans, et les saumons grouillaient à Paris...

– Mais il y avait aussi des poissons-chats géants capables de dévorer des gens, dit Cléo les yeux brillants.

– Le « jugement du silure » ! Oui, enfin... c'est une vieille légende racontant qu'à une époque on ligotait les suspects aux piliers des ponts, à moitié immergés. On les laissait mariner toute la nuit. Si le grand silure les dévorait, cela prouvait leur culpabilité, sinon ils étaient innocentés !

Onésime s'efforce de garder son calme. Une main tenant le téléphone et l'autre le volant, il écoute la Taupe qui insulte le monde entier : il vient de perdre la trace du chien dans la circulation. Onésime répète une fois de plus qu'ils ont repéré l'émetteur et qu'ils sont en route ; mais la Taupe ne décolère pas.

Les Jumeaux sont sur la banquette arrière, Haïku attentif aux données sonores et visuelles transmises par le récepteur, Tao plongé dans le plan de Paris ouvert sur ses genoux.

Haïku transmet des données à Tao, qui les reporte sur la carte et donne des indications de rues à Onésime. Le récepteur de Haïku se met à clignoter de plus en plus vite avec un « bip » suraigu. Onésime raccroche le téléphone.

– Haï haï !

Bip rapproché,

Objectif à portée...

Onésime s'efforce de déjouer les pièges de la circulation.

– A gauche... non, la deuxième à droite... Tao cherche le raccourci qui leur permettra de repérer Naska.

Dans la voiture, la fièvre monte. Haïku, énervé, sait que l'émetteur est proche. Onésime zigzague entre les voitures et songe qu'il en a assez de traquer ce malheureux chien dans tout Paris.

– Plus vite ! Sur la gauche ! Elle doit être à moins de cent mètres... Haïku scrute les rues derrière les essuie-glace qui balaient des rideaux de pluie.

– Là !

Onésime crie en apercevant enfin la silhouette noire de Naska. La chienne n'a plus l'air aussi vive que tout à l'heure ; elle est trempée jusqu'aux os et traîne la patte.

Naska a obliqué dans une petite rue en sens interdit qui paraît déserte. Onésime s'y aventure, accélérant pour la rattraper ; cette fois le chien ne devrait plus leur échapper.

Une voiture arrive en face à bonne vitesse, et il n'y a pas la place de se croiser. Onésime freine, la voiture dérape. Tao crie car il est bardé d'explosifs et une collision pourrait tout faire sauter !

Dans le faisceau des phares, entre les deux voitures, Onésime aperçoit Naska qui s'échappe, juste avant l'impact. Il ferme les yeux, songeant à toutes les petites fioles de Tao...

C'est l'autre voiture qui fait les frais de la collision, s'encastrant dans un lampadaire. Onésime est consterné, mais sa consternation se mue en terreur lorsqu'il découvre que la voiture accidentée n'est autre que celle de la Taupe !

À QUELQUES RUES DE LÀ, STAN, CLÉO ET ULRIC VIENNENT D'ARRIVER À DESTINATION. Ils se trouvent enfin devant un vieil immeuble avec un portail en bois patiné par les ans. C'est là que vit Florimont.

Stan n'en peut plus de fatigue et il est obsédé par l'idée que Naska peut être en danger. Est-elle toute proche de lui, en train de le chercher ? Ou bien loin, si loin qu'il ne la reverra jamais ? Des voitures de police passent en trombe. Il y a eu un accident dans une rue voisine.

Ulric tape un code et le lourd portail s'ouvre.

Tous trois pénètrent dans une cour ; il faut passer une grille, puis emprunter un étroit couloir humide et sonner à une porte selon un code convenu. La porte s'ouvre, ils traversent une autre cour intérieure.

Au bout de ce dédale, Stan découvre la petite oasis de Florimont, artiste jardinier, une vieille maison bancale et moyenâgeuse. Partout des plantes variées, luxuriantes. Autour du patio, trois niveaux d'où dégoulinent des lianes et des masses de feuilles. Une fontaine centrale distille un son cristallin et réconfortant.

Florimont les accueille avec chaleur. Stan ne sait plus où donner des yeux. Léopold se roule dans l'herbe comme il l'avait fait dans les jardins de Court-Jus.

Stan demande s'il peut téléphoner. Florimont lui désigne un coin où se trouve un téléphone. Les mains de Stan tremblent lorsqu'il compose son numéro.

Clovis marche à grandes enjambées, sans se soucier de la pluie, avec pour seul objectif d'arriver le plus vite possible chez Florimont. A quelques rues de là, son attention est attirée par des voitures de police et un attroupement. Il se mêle aux badauds qui regardent la scène. Deux voitures sont en travers de la chaussée.

Soudain Clovis est frappé de stupeur : l'homme qui parle aux policiers n'est autre qu'Onésime, le bras droit de la Taupe ! Par quel sortilège peut-il se trouver si près de chez Florimont ? Ont-ils déjà retrouvé Naska ? Clovis frémit en pensant à Cléo, Stan et Ulric.

Dans la voiture d'Onésime, derrière les vitres ruisselantes, il devine la silhouette des Jumeaux, redoutables samouraïs prêts à entrer en action.

Dans l'autre voiture, le chauffeur se tient le front, mais il ne semble pas gravement blessé. Derrière, Clovis observe une silhouette immobile... Un frisson lui parcourt l'échine lorsque la vitre se baisse. Un visage blafard apparaît. Clovis sent ses cheveux se dresser sur sa tête : la Taupe, ici ?

Stan est encore au téléphone avec sa mère lorsque Clovis arrive hors d'haleine.

– ... non, ne t'inquiète pas maman, je suis avec des amis du collège, dit Stan en baissant les yeux, gêné de mentir ainsi ouvertement. Oui... On cherche encore un peu Naska dans le quartier et je rentre...

Dès qu'il a raccroché, Clovis expose la situation en quelques mots.

– Et Naska ? demande Stan qu'on sent prêt à pleurer.

– Naska porte un émetteur autour du cou, répond Clovis. Elle a sûrement flairé ta piste... Elle nous met tous en danger.

– Mais alors, observe Stan, s'ils sont près d'ici, peut-être Naska est-elle tout près, elle aussi ?

– Justement ! Raison de plus pour se cacher, réplique Clovis en faisant un signe à Florimont.

Etrange Florimont, ce jardinier qui a su installer des petits jardins en terrasse un peu partout sur ses toits, utilisant le moindre espace pour créer des cascades végétales. Avec ses cheveux frisés il ressemble à Harpo, l'un des Marx Brothers. Sa maison, une ancienne demeure de meunier, date de plusieurs siècles ; elle sert de relais en surface.

Florimont fait jouer un mécanisme, une lourde meule de pierre se déplace. Apparaissent un puits, des échelons métalliques qui descendent vers les ténèbres.

– Ce passage secret sert depuis des centaines d'années, explique Florimont à Stan. Il est parfaitement sûr.

– Encore descendre ? Mais pour aller où ? soupire Stan. Non, il vaut mieux que je rentre chez moi, maintenant...

– Eh bien ce n'est pas le moment ! lance une femme qui monte la garde devant une fenêtre.

Clovis la rejoint et écarquille les yeux : Naska arrive, fatiguée, suivie à distance par les Jumeaux ! La chienne renifle les alentours de l'immeuble et remue vaguement la queue. Cette fois le danger est tout proche :

– Vite, ils sont là ! Cléo et Stan vous descendez ; en bas vous serez en sécurité.

Clovis a préféré ne pas faire allusion à la présence de Naska, craignant de déclencher une réaction imprévue chez Stan. Cléo lui prend la main :

– Viens...

Stan se laisse entraîner ; Cléo le précède sur les échelons métalliques.

– Installez-vous près des fresques et ne bougez plus. On viendra vous chercher, lance Clovis la voix tendue.

Ils descendent le long des échelons et la lourde meule de pierre se remet en place, les plongeant dans la pénombre comme s'il y avait une éclipse de soleil.

Le silence est ponctué par le bruit des chaussures sur les échelons.

Enfin ils arrivent au fond du puits. Cléo appuie sur un commutateur et de maigres loupiotes s'allument, distillant une lumière jaune dans une galerie qui semble taillée à la main.

– C'est un lieu très spécial, explique Cléo. Nous y venons parfois en pèlerinage. Tu vas voir...

Cléo avance sur un sol de terre battue, lui faisant signe de la suivre. Ils marchent ainsi un moment. Stan est surpris par l'air frais qui sort d'une bouche d'aération ménagée à même le roc.

– Ceux qui ont creusé cette galerie savaient ce qu'ils faisaient, dit Cléo.

– Ça sent la pluie...

Stan lève le nez pour mieux humer le courant d'air. Cet air frais lui fait grand bien. Il respire à fond par la bouche d'aération.

Quelques mètres plus haut, sous la pluie, Naska repère l'haleine de Stan. Sa piste est toute fraîche... Les yeux mi-clos, museau dressé entre les gouttes de pluie, elle entraîne Onésime vers un trottoir. Aucun doute, l'odeur de Stan arrive par cette bouche d'aération. Elle pousse son museau à l'intérieur, en vrai chien de chasse qui chercherait à déloger un animal de son terrier. Stan est là, quelques mètres plus bas !

En retrait, coiffé d'un chapeau à larges bords, vêtu d'un imperméable qui lui arrive jusqu'aux pieds, la Taupe observe la scène avec satisfaction. Ainsi les voilà de retour dans les souterrains...

ce qui lui convient parfaitement, car il se sent plus à l'aise sous terre. Il désigne une plaque d'égout et fait signe à Onésime, qui transmet l'ordre aux Jumeaux.

La galerie débouche sur une pièce arrondie. Au centre, les traces d'un feu. Cléo désigne les parois de la pièce à peine éclairée. Stan suit son geste et distingue des formes dessinées. Il s'approche, les examine de plus près.

Ce sont des représentations de mammouths qui marchent en file indienne. Derrière, des formes humaines, une femme, un enfant, puis un long bateau, une pirogue... Stan est bouche bée devant la beauté de ces fresques d'un autre âge.

– Nous sommes sur la Piste des Mammouths, dit Cléo un peu solennelle.

Stan la regarde sans comprendre. Elle continue :

– C'est par là qu'arrivaient les mammouths...

Stan prend Cléo par l'épaule. Il la serre un peu trop fort sans le vouloir ; elle se dégage. Il secoue la tête :

– Je ne comprends plus rien à ce que tu dis !...

– C'est normal, répond-elle en s'efforçant de rester calme, tu es comme tous les Parisiens d'aujourd'hui, tu ne connais rien à ta ville. Tu vis ici sans même savoir ce qu'il y avait avant.

– Il y avait des mammouths ?

Ils regardent un instant les animaux massifs et gracieux dessinés sur la paroi.

– Nos ancêtres vénéraient les mammouths. C'était leur façon

de raconter que les mammouths sont arrivés à Paris par la rue Saint-Jacques…

– Quoi ? Mais la rue Saint-Jacques n'existait pas, enfin !

– Bien sûr que non, répond Cléo en souriant, mais il y avait une piste, un chemin naturel… Et ce chemin s'appelle aujourd'hui la rue Saint-Jacques, la première rue de Paris, qui aboutit à Notre-Dame.

Cléo s'accroupit ; du bout du doigt elle trace des lignes sur le sol. Dans un hexagone approximatif, la France, elle représente la Seine d'est en ouest :

– Tu vois, à cette époque le pays était coupé en deux par la Seine. Et là, dit-elle en traçant un axe nord-sud perpendiculaire, c'était la Piste. Ulric m'a expliqué que ce chemin était comme un entonnoir naturel qui guidait les animaux vers la Seine. Ils venaient y boire, ou traverser le fleuve, et plus tard les humains ont suivi leurs traces. C'est comme ça qu'est née Lutèce, sur une île… Lutèce, tu avais déjà entendu ce nom ?

– Oui, quand même…

– Lutèce, c'était un carrefour entre l'eau et la terre… L'endroit était si beau que chacun en tombait amoureux. D'ailleurs les Parisii l'aimaient tellement qu'ils ont préféré incendier leur ville plutôt que de la laisser aux mains des armées romaines !

Stan l'écoute, les yeux ronds :

– Comment sais-tu tout ça ?

– Je sais bien d'autres choses encore. Pour nous Paris c'est… un continent à explorer ! Chaque année nous changeons de secteur pour découvrir de nouveaux sites. La moindre pierre nous apprend quelque chose. Ce lieu est magique, tu ne trouves pas ?

C'est vrai, Stan a les jambes molles. Un manège infernal tourne dans sa tête avec une musique irréelle où se mêlent des aboiements.

Des aboiements ? Non, ce n'est qu'une illusion qui ravive sa tristesse. Si seulement Naska était là, près de lui...

– Stan, ça va ?

La main de Cléo. Sa chaleur l'enflamme. Tout tourne... Il croit voir les mammouths dessinés se mettre en marche... Cléo perçoit son trouble ; elle laisse aller sa joue et sa main contre son épaule, tel un oiseau qui se pose sur un bateau en plein océan. Pendant quelques secondes la tempête intérieure s'apaise, mais Stan est si faible qu'il s'appuie à la paroi pour ne pas flancher.

De l'autre côté de l'épaisse paroi, dans les égouts, Naska gratte furieusement le mur à s'en user les griffes. Onésime la tient en laisse, ne sachant trop que faire. Les Jumeaux éclairent la scène. En retrait, la Taupe contemple le chien, les yeux brillants :

– Le gamin doit être derrière ce mur. Il faut trouver un passage.

Onésime essaye de tirer Naska vers un couloir latéral, mais la chienne refuse de bouger,comme aimantée par le mur, se montrant même agressive lorsqu'il insiste trop. Les Jumeaux partent en éclaireurs.

La Taupe éprouve la curieuse impression d'être déjà venu dans ce secteur. Une image de mammouth se forme en lui sans qu'il sache pourquoi. Des bribes de son passé lui reviennent, du temps où il vivait encore parmi eux. Lueur des torches, odeur de cuir, de cendre, échos... Il s'appelait Tristan, c'était un enfant triste. Cette enfance lui fait mal, il n'aime pas y repenser; il y a des larmes, des cicatrices jamais refermées. Les galeries souterraines pouvaient aussi devenir de sombres pièges...

Tout ça pour avoir chapardé ici et là, vendu des pièces d'or parisii à un antiquaire, s'être acoquiné à des individus peu recommandables, avoir embobiné son monde avec des mensonges imaginatifs...

Il aimait la solitude, il rêvait de devenir riche. Les Sages n'ont pas voulu de lui comme Gardien de la Carte. Ils lui ont préféré Clovis! L'intègre, le farouche Clovis, toujours plus fort et plus malin que les autres.

Les Jumeaux sont de retour. Haïku se tourne vers Onésime:

– Pas d'entrée

Pas de sortie

Les murs se taisent...

Ce qui signifie qu'il n'y a aucun passage possible. Sans attendre, Tao examine le mur, sonde les cavités, près de Naska qui continue à gratter vigoureusement la pierre, espérant peut-être la percer de ses griffes.

Onésime regarde la Taupe, qui hoche la tête. Tao s'accroupit et commence à préparer ses petits pâtés d'explosifs de couleurs diverses. Naska renifle l'odeur de la poudre et se calme comme si elle savait ce qui allait suivre.

Cléo chuchote mais Stan n'écoute que d'une oreille. Il ne parvient plus à se concentrer, obsédé par Naska. Cléo elle aussi est impatiente d'avoir des nouvelles de Clovis, mais elle ne doit pas laisser percer son inquiétude. Stan est déjà si fragilisé par l'absence de son chien; elle le sent qui tremble et le prend dans ses bras. Stan est déchiré entre l'inquiétude et la vague d'émotion qui le submerge.

– Cléo...

– Stan...

– Regarde... Pose ta main là...

Sur la paroi, il distingue deux empreintes qui semblent avoir été faites au pochoir. Des milliers d'années auparavant, deux personnes ont posé leurs mains sur la roche avant de projeter de la couleur dessus. Cléo mène la main de Stan vers l'une des empreintes comme s'ils accomplissaient un rite préhistorique. Cléo lève sa propre main vers l'autre empreinte.

Ils s'approchent tout doucement, ballet ralenti, conscients de sceller un pacte. L'instant présent rejoint le passé le plus lointain. La main de Stan se superpose exactement à l'empreinte, tout comme celle de Cléo.

A ce moment précis, une forte explosion les projette en arrière...

Dans le chaos de l'explosion, Stan ne sent qu'une chose: la main de Cléo se refermant sur la sienne. Le sol se dérobe sous leurs pieds. L'explosion a provoqué un effondrement du sol, révélant une cavité scellée depuis des siècles.

Cléo et Stan se retrouvent dans une salle où flotte un gaz vieux de milliers d'années, qui sent le champignon. Ils se tiennent toujours la main. Leurs oreilles sifflent. Stan entend Cléo qui marmonne. Il ne comprend pas ce qu'elle dit, sauf une phrase bizarre qui le frappe: « Rendez-vous plage de la Concorde! »

Il a l'étrange sensation d'être suspendu dans l'air, comme s'il flottait au-dessus de son propre corps étendu sur le sol de la crypte. Il perçoit un léger battement d'ailes, Cléo est là, près de lui. Il est si heureux de la retrouver, cela l'enivre, et tout se met à tourner...

Stan et Cléo sont emportés dans un rêve, ils remontent le cours du temps vers le passé le plus lointain. Leurs corps restent immobiles sur le sol, mais leurs âmes sont deux oiseaux qui parcourent des millions d'années en quelques battements d'ailes...

STAN ET CLÉO VOGUENT LOIN, TRÈS LOIN DANS LE TEMPS. ILS SONT DEUX OISEAUX QUI GLISSENT DANS LES VENTS CHAUDS DU PASSÉ. Le ciel rougeoyant sent la cendre et le soufre, c'est l'haleine torride des volcans.

Après le temps des grands cataclysmes, voici venir une nouvelle ère, au cours de laquelle la vie va s'épanouir sous toutes ses formes, dans la mer, sur la terre et dans les airs.

En ce temps-là, le Lutétien, il n'y avait sur la planète qu'un seul océan, grouillant de vie, l'immense Téthys qui, millénaire après millénaire, va recouvrir patiemment les plaines sous-marines de sédiments. Un jour l'une de ces plaines blanches aura pour nom Lutèce.

Lutèce...

Ce nom agit telle une formule magique. Stan se sent lié à Cléo par une lointaine complicité, comme s'ils se connaissaient depuis des millions d'années.

– Viens, je t'emmène à Lutèce…

Ils battent des ailes en riant, leurs plumes vibrent dans l'air. La roue du temps se met à tournoyer de plus en plus vite, l'écheveau se dévide, ils se laissent aller dans le cours du temps, se rapprochent du présent. Les voilà devenus deux faucons dans le ciel de Lutèce.

– Attention!

Cléo a juste le temps de le prévenir. Une flèche monte vers eux en sifflant, pas très dangereuse en réalité, car elle manque de puissance et de précision.

Un enfant parisii aux longs cheveux, à moitié nu, tient fièrement son arc en bois d'if; il lance un rire sonore à l'adresse des deux oiseaux. Sa flèche retombe dans l'eau. L'eau d'un fleuve large et puissant. Sur les îles, des petites fumées indiquent l'emplacement de quelques foyers.

Du ciel ils voient des huttes éparses, des femmes qui allaitent leur enfant, du poisson qui sèche, des pirogues qui se balancent dans le courant de la Seine…

… Ils glissent entre les nuages, suivent le cours du temps, le cours de l'eau… A présent, la Seine rétrécit, ondule entre les collines qui entourent la ville. Un peu partout les pales des moulins tournent dans la brise.

Bateaux et maisons sont plus nombreux maintenant. De hauts murs protègent une cité, des ponts enjambent le fleuve. Les rues grouillent de monde, chargées d'odeurs violentes, fumées de bois, excréments… Il y a un trafic incroyable sur la Seine et ses berges. Nautes, bateliers, pêcheurs, passeurs, navires de commerce chargés de tonneaux, voiliers, barques, bateaux-lavoirs, bateaux-pompes, marchés flottants, la Seine est l'âme de la ville.

Sur l'île principale, les hommes construisent une tour de pierre qui s'élève vers le ciel. Le point zéro de Paris, la future cathédrale de Notre-Dame.

… Des siècles plus tard, l'aube du IIIe millénaire. Les tours de Notre-Dame abritent encore les derniers faucons-crécerelles. Nichés entre les gargouilles diaboliques, les rapaces ont trouvé un refuge qui ressemble aux falaises tortueuses qu'ils affectionnent.

D'autres tours ont fleuri dans la ville, gratte-ciel lancés vers les nuages comme autant de tours de Babel.

Perché sur la tête d'un diable qui tire la langue, Stan regarde sa ville avec d'autres yeux; la Seine n'est plus qu'un caniveau sans âme. La ville tout entière est envahie par des créatures métalliques, les voitures, qui occupent l'espace et crachent de la fumée. Les pavés auraient-ils définitivement recouvert la plage ?

… Pour chasser ce présent trop gris, Stan bat de l'aile et entraîne Cléo vers un rêve du futur. Le temps passe, l'eau coule sous les ponts… Demain peut-être ?

L'eau de la Seine est redevenue fraîche, elle sent bon la prêle et la menthe. Paris a retrouvé sa vocation de ville d'eau. Même les saumons reviennent, qui frétillent sous la surface et jouent dans les remous près des piles d'un pont.

Cléo lance son sifflement de faucon lorsqu'une ombre gigantesque surgit dans le ciel. Craignant un prédateur, ils filent à tire-d'aile vers les collines, mais ce n'est qu'un grand dirigeable qui glisse soyeusement dans le ciel de Paris, propulsé par un moteur silencieux. Ils voient la nacelle, les passagers agglutinés derrière des baies vitrées, en train d'admirer la ville.

Cléo entraîne Stan au-dessus de la capitale. Des quartiers entiers sont livrés aux piétons, aux arbres, aux jardins, loin des voitures et des camions. Un peu partout la végétation a regagné droit de cité, et les noms de rue ont retrouvé leur sens : on vend des légumes parisiens rue des Maraîchers, les oiseaux volent dans la rue des Alouettes, les arbres poussent rue des Belles-Feuilles, l'eau coule rue des Saules, on boit du vin local rue des Vignes, on cueille des cerises rue de la Cerisaie, on mange du mezclun rue de la Roquette et l'on peut marcher pieds nus rue du Chemin Vert, ou s'enivrer de parfum à Jasmin, porte des Lilas... Paris sent bon !

Ils profitent d'un courant ascendant qui les porte vers les hauteurs, planent au-dessus de Télégraphe, le plus haut point de Paris, puis obliquent vers l'ouest, Montmartre et sa blanche basilique telle une fusée prête à décoller.

Ils passent au-dessus des vignes, des potagers, des vergers, des ruches, et même d'un petit cours d'eau qui serpente d'une rue à l'autre. Cléo s'amuse à le suivre jusqu'à la Seine. Ils s'immobilisent au-dessus du fleuve, en vol statique, agitant à peine leurs ailes pour rester sur place et mieux jouir du paysage.

Des enfants jouent sur la grève. L'un tresse des roseaux et mâchonne une quenouille, un autre pêche des écrevisses. Des exclamations détournent l'attention de Cléo : deux garçons font la course sur des planches à voile et disparaissent sous un pont. Derrière la grève, Stan reconnaît l'obélisque égyptien de la place de la Concorde... « Rendez-vous plage de la Concorde » ! Voilà donc ce que voulait dire Cléo.

Sur la plage, viennent d'arriver un garçon et une fille en maillot de bain. Ils courent sur le sable, plongent et nagent vigoureusement en travers du courant.

Stan a très envie de voir leur visage, quelque chose l'intrigue. Il replie ses ailes et se laisse tomber vers eux, suivi de Cléo. La silhouette de ces deux nageurs lui est familière. Il ouvre ses ailes et effleure la surface du fleuve. La nageuse tourne son visage radieux vers lui, c'est Cléo ! Elle lui dit :

– Tu sais, tout cela n'est qu'un rêve...

Ces mots font basculer Stan, il crève violemment la surface de l'eau. Morsure du froid. Il bat des bras ; il est devenu le nageur qui crawle auprès de Cléo.

Un instant ils reprennent leur souffle, se laissent dériver au fil du courant et se regardent comme deux personnages dans un rêve. Ils savent que leurs corps sont ailleurs, étendus sur le sol d'une crypte, tandis que le fleuve du temps emporte leurs âmes de plus en plus loin vers le futur...

... Quelques gouttes pénètrent dans la crypte où sont allongés Stan et Cléo. Dehors le déluge redouble de violence. Toutes les eaux du ciel et de la terre semblent vouloir se déverser sur la ville. Stan et Cléo voient le niveau de l'eau monter autour d'eux à toute vitesse et les submerger.

Le temps s'accélère et les précipite vers le futur comme un cheval fou au galop. Les eaux forment un tourbillon, un maelström bouillonnant qui les aspire en son centre...

... Au centre de la spirale, il n'y a plus rien, rien qu'une mer immense, écrasée par un calme absolu. Stan et Cléo sont deux nageurs égarés au milieu d'un océan sans limites ; aucune terre n'est visible. Le ciel est d'un blanc aveuglant, sans un souffle d'air, et l'eau est aussi lourde que du mercure.

– C'est ça, le futur ?

Cléo regarde tout autour d'elle, se demandant si les mers ont englouti tous les continents. Pas une terre à l'horizon. Sont-ils perdus à tout jamais au milieu de l'océan ?

– Là !

Stan crie, plein d'espoir ; il a cru voir un récif émergeant de la surface.

Mais le rocher se met à bouger. C'est une baleine ! Ils poussent des cris de joie et s'approchent d'elle. La jubarte lève sa grosse tête hors de l'eau pour les saluer, puis se met à nager doucement.

Stan et Cléo l'appellent et la suivent. Peut-être acceptera-t-elle de les prendre sur son dos ? Plus d'une fois ils sont sur le point de la rattraper, mais à chaque fois elle s'éloigne de quelques mètres, comme si elle voulait les mener quelque part.

Ils parcourent ainsi une bonne distance. La baleine finit par se cabrer, son dos roule à la surface, sa queue se dresse un instant vers le ciel puis elle sonde et disparaît dans les flots.

Ils se retrouvent à nouveau seuls, mais poussent un cri de surprise : la baleine les a entraînés en direction d'un curieux phare métallique qui dépasse de la surface, tel un vestige de la civilisation. Un phare au milieu de l'océan ? Un ultime refuge ?

Epuisée, Cléo s'appuie contre l'épaule de Stan. Il caresse son front bombé, risque un baiser à la commissure de ses lèvres qui ont goût de sel. Elle sourit faiblement. Il l'encourage et lui désigne le phare :

– Allez, on y va ! Là-bas on pourra se reposer.

C'est leur seule chance. Ils nagent vers le phare de toutes leurs forces, avec l'impression qu'il est étrangement familier. Tandis qu'ils s'en approchent, un panache de buée s'élève devant eux. La baleine souffle ! Elle est remontée à la surface pour respirer, puis sonde à nouveau.

Stan et Cléo plongent à leur tour pour la voir évoluer sous l'eau. Ils descendent de quelques brasses et perçoivent son chant mélancolique, chant de sirène, chant de baleine, qui résonne dans tout les os de leur squelette...

Mais ce qu'ils voient leur donne le vertige : la baleine nage vers l'immense tour métallique qui monte du fond de l'océan, et dont seul le « phare » émerge.

Et cette tour engloutie... c'est la tour Eiffel !

C'en est trop, la révélation est tellement effarante qu'ils se sentent pris d'un malaise, et ils coulent, ils coulent...

Une forme noire s'approche d'eux, nageant avec vigueur, un phoque ?

Au milieu de son vertige Stan l'entend aboyer.

Un chien de mer, sans doute... Un chien ?

Naska ?

EN ENTENDANT L'EXPLOSION, CLOVIS, ULRIC ET FLORIMONT SE SONT RUÉS DANS LE PUITS. Tout en bas, la galerie s'est effondrée en plusieurs endroits et il faut déplacer des pierres pour avancer.

A l'idée que Cléo et Stan se trouvent quelque part là-dessous, Clovis se sent pris de nausée. S'il leur est arrivé malheur, il ne se le pardonnera jamais. Il tend l'oreille : un aboiement lui redonne espoir ; cela vient de derrière un mur éboulé.

Clovis, Florimont et Ulric déblaient un accès. Naska en jaillit, et se dirige tout droit vers un point précis. Avec les pattes et le museau elle repousse des pierres, cherchant à se frayer un passage. Clovis l'aide à dégager une ouverture, la chienne s'y faufile en se contorsionnant. Il la voit progresser, puis entend une dégringolade, et elle disparaît dans un trou.

La première chose que sent Stan, c'est la grosse langue humide de Naska qui lui lèche la joue et les yeux. Il revient de loin, de si loin... Il a voyagé avec Cléo jusqu'aux confins du temps... Ils étaient deux oiseaux...

Naska est près de lui. Stan se relève et voit Cléo qui sort elle aussi de son hébétude. Le faisceau d'une lampe leur parvient, brisé, du haut de cette crypte ornée de défenses de mammouths enchevêtrées. Stan risque un cri. La voix de Clovis répond :

– Ohé ? Stan ! Cléo ! Vous êtes là ?

Clovis se fraie un chemin en rampant ; sa tête échevelée et barbue apparaît dans l'ouverture tandis qu'il éclaire la scène. Naska lèche le visage de Stan qui reprend conscience. A côté de lui Cléo se redresse, elle aussi couverte de poussière, indemne.

Autour d'eux, un incroyable assemblage de défenses jaunies. Des défenses de mammouths ! Clovis est émerveillé. L'explosion a donc mis au jour, sous les fresques, une crypte dédiée au mammouth. Et toutes ces défenses entrecroisées ont protégé Stan et Cléo des éboulements.

D'un saut, Clovis les rejoint et les embrasse. Ils sont encore étourdis par l'explosion, mais sains et saufs. Naska remue la queue, pousse des jappements.

Une voix appelle Clovis à travers la galerie :

– Viens vite Clovis, on en a trouvé un !

Clovis découvre Haïku dans une situation pathétique. Ses jambes sont coincées sous de lourdes pierres, mais il brandit courageusement son sabre en faisant des passes impressionnantes pour dissuader ses ennemis d'approcher. La douleur ne l'empêche pas d'improviser un petit poème :

– La mangouste ricane
Le serpent frappe
La nuit se referme...

Sa lame étincelante heurte la roche, produisant des étincelles et un son cristallin. La pierre est tranchée net. Ulric et Florimont ont beau essayer de le convaincre qu'ils veulent seulement l'aider à sortir de là, Haïku ne veut rien entendre.

Une silhouette sort de l'ombre. C'est Onésime.

– Arrête, Haïku !

Son autorité sur Haïku est telle que le samouraï s'immobilise. Clovis sait que la situation est dangereuse, il montre ses mains nues en signe pacifique. Onésime s'adresse à lui :

– Je suggère une trêve. L'urgence c'est de retrouver Tao ; il porte sur lui assez d'explosifs pour nous réduire en confettis. Et je ne sais pas où est la Taupe.

– Tao... mon frère !...

Haïku, sabre baissé, regarde désespérément autour de lui, cherchant sa moitié, son jumeau.

– Il était là ! dit-il en désignant tristement un tas de pierres.

Ulric sort Léopold de sa poche et le dépose à l'endroit indiqué par Haïku. Le rat renifle l'air. Accroupi près de lui, Ulric le pousse un peu :

– Allez Léopold, vas-y, cherche les explosifs...

Le rat se dandine, puis se faufile souplement entre deux rochers avant de disparaître.

Haïku gémit de douleur et d'inquiétude. Onésime s'approche pour le délivrer, aidé par Clovis, Ulric et Florimont. Les pierres sont délicatement soulevées pour libérer ses jambes, probablement brisées. Il ne peut retenir une larme :

– Samouraï sans jambes
Légende sans ailes
Sabre brisé...

Léopold réapparaît, tenant entre ses dents une fiole qu'il apporte délicatement à Ulric.

– Il est là-dessous, dit Onésime...

– Là-dessous !... souffle Haïku en regardant le tas de pierres.

Ils retirent les pierres une à une en évitant les gestes brusques. Haïku les regarde faire, impuissant, tremblant d'anxiété.

Ils découvrent Tao roulé en boule sur lui-même, immobile.
– Il a protégé les explosifs avec son corps, dit Onésime en le voyant. Il nous a sauvés.

Ulric se penche sur lui, scrute son visage, tâte l'artère du cou. Le vieil homme hoche la tête :

– Il est vivant !

Cléo et Stan titubent dans la galerie, encore choqués. Cléo s'appuie contre l'épaule de Stan, cela lui rappelle le rêve, l'océan immense et le phare de la tour Eiffel engloutie...

– Est-ce-que tu as fait le même rêve que moi ? demande Stan.

Cléo le regarde dans la pénombre :

– J'allais justement te poser la même question... L'eau... Toute cette eau qui recouvrait la terre...

– Quand je pense à cette pluie qui tombe sur Paris depuis des jours et des jours. Ça me fait peur.

Ils soupirent de tristesse, comme s'ils venaient d'assister à la prochaine fin du monde. Cléo chuchote :

– Ce rêve, ce sera notre secret...

Les aboiements de Naska les ramènent à la réalité. Clovis est agenouillé, le visage proche d'une ouverture trop petite pour y passer la tête. Une dalle brisée en deux forme un habitacle dont un homme est prisonnier. Un fragment de visage blafard apparaît. Clovis s'adresse à lui avec douceur :

– Tristan, écoute-moi.

– Mon nom est la Taupe ! Pas Tristan, compris ?

– La Taupe, mais ce n'est pas un nom ça. Je me souviens de toi lorsque nous étions enfants... Nous avons passé de bons moments ensemble.

– Vous vous moquiez de moi dans mon dos...

A présent, Stan et Cléo sentent l'odeur nauséabonde. Étrange dialogue entre ces deux hommes à travers une si petite ouverture. La Taupe a juste la place de bouger et ne semble pas blessé. Clovis essaye de l'amadouer:

– On va te sortir de là, et après on en profitera pour parler calmement tous les deux...

– Pas question! Je ne pactise pas avec l'ennemi. Vous m'avez rejeté, vous m'avez exclu. Tu sais bien que c'est moi qui aurais dû être le Gardien.

– Ce n'est pas moi qui en ai décidé ainsi. Tu n'as aucune raison de m'en vouloir.

– Donne-moi la Carte, Clovis, et je te laisserai tranquille.

Clovis soupire:

– Ah si tu savais, Tristan... Ils injectent des tonnes et des tonnes de béton dans les moindres cavités, les sous-sols, les carrières, ils murent tous les passages les uns après les autres, ils détruisent les plus beaux sites! Je n'arrive plus à suivre...

– Raison de plus pour me donner la Carte.

– Si ça continue, réplique Clovis, je crois que je vais plutôt la détruire, cette Carte.

– Tu n'as pas le droit! C'est un objet sacré. Tu serais maudit pour des générations! jappe la Taupe, furieux.

– Je serais surtout maudit si je la laissais tomber en de mauvaises mains... Pourquoi ne reviens-tu pas parmi nous, Tristan ?

– Jamais.

Des voix lointaines leur parviennent. Une rumeur enfle, qui vient d'en haut.

– Venez, venez voir !

A la surface on entend des klaxons en fête. Au pied de l'échelle métallique menant à l'air libre, Clovis voit le ciel et comprend tout de suite ce qui se passe.

Il prend Naska sous le bras comme si elle ne pesait rien, et remonte avec elle, suivi par tous les autres.

Quelle vision extraordinaire !

Non seulement la pluie s'est arrêtée, mais le ciel tourmenté offre aux Parisiens son plus beau spectacle. Les nuages se retirent, lourds rideaux ocre dévoilant une trouée lumineuse à couper le souffle. Deux arcs-en-ciel concentriques se fondent en des lueurs roses, orangées, mauves, et convergent vers le rougeoiement du soleil couchant. En cet instant magique, les visages levés vers le ciel sont baignés d'une lumière céleste qui fait renaître l'espoir.

Toute vie s'interrompt dans la ville. Les klaxons se taisent, les voitures coupent leurs moteurs, les passants s'arrêtent, abasourdis. Certains restent blottis sous leur parapluie bien qu'il ne tombe plus une goutte d'eau. Un silence surnaturel flotte dans la cité. Personne ne remarque ces hommes et ces femmes qui sortent d'une bouche d'égout pour venir admirer le ciel.

Clovis entend le sifflement d'un oiseau, sans doute une mésange charbonnière, qui lance le premier signal. Un autre oiseau se joint à son chant, puis un autre encore... Bientôt les oiseaux s'ébrouent, sortant enfin de cette nuit diluvienne, et saluent comme il se doit le retour de l'astre solaire.

Stan regarde Cléo. Une larme coule sur sa joue.

Pour eux, le retour du soleil est la fin du pire des cauchemars : l'image d'un déluge qui engloutit le monde. Il la prend dans ses bras et toutes ses angoisses s'évaporent comme les nuages.

– ET POUR LE JEUNE HOMME, CE SERA ?

LE MAÎTRE D'HÔTEL FIXE STAN AVEC DÉFÉRENCE.

Stan ne peut détacher son regard du paysage, derrière la baie vitrée.

– Excusez-le, répond son père, il est encore tout chamboulé...

– Il n'est pas le seul, répond poliment le maître d'hôtel en jetant un œil vers le ciel. Franchement, ce déluge commençait à me rendre fou moi-même !

– En plus, Stan avait perdu son chien, ajoute sa mère en caressant Naska qui dort roulée en boule sous la table. Heureusement, il l'a retrouvée.

– Pour célébrer cette bonne nouvelle, la maison vous offre l'apéritif, lance le maître d'hôtel avec un sourire chaleureux.

Stan commande son dîner sans réfléchir. Sa tête bouillonne encore de tout ce qu'il vient de vivre, et le pire c'est qu'il ne peut en parler à personne.

Ses parents essayent de lui changer les idées, de le faire rire. Ils sont si contents d'être ensemble dans ce grand restaurant éclairé aux chandelles.

Lorsque Stan est rentré chez lui avec Naska deux heures plus tôt, il a trouvé sa mère épuisée et son père à bout de nerfs. Il régnait dans les rues une atmosphère de liesse après l'arrêt de la pluie. Son père était tellement soulagé de les voir arriver sains et saufs qu'il a immédiatement proposé de célébrer l'événement en les emmenant dîner dans un bon restaurant.

– Y a-t-il un restaurant où tu as envie d'aller, Stan ?

Sans hésitation, Stan a répondu. Un endroit entre tous les autres s'imposait :

– Au restaurant de la tour Eiffel...

C'est ainsi qu'ils se sont retrouvés autour d'une table élégante, avec cette vue magnifique sur Paris. Les éclairages du palais de Chaillot n'ont jamais paru si gais, la moindre lumière dans la ville est un lumignon plein d'espoir qui brille après la tempête. Même la Seine, toujours grosse, est plus calme. Stan voit la place de la Concorde encombrée de voitures. Elle n'a plus rien d'une plage !

Son père lui tapote l'épaule :

– Je sais que tu as eu une rude journée Stan, mais c'est quand même dommage de dîner dans un grand restaurant et de ne pas se soucier de ce que l'on mange...

– Il est fasciné par la vue, dit sa mère pour l'excuser. D'ailleurs il y a de quoi. Savez-vous que c'est la première fois que je monte sur la tour Eiffel ?

– Tu parles d'une Parisienne !

« Parisienne », cela sonne comme Parisii, pense Stan. Il se demande si Cléo est déjà venue sur la tour Eiffel. Il l'imagine en pleine nuit, crochetant les portes de la Dame de Fer et se faufilant pour grimper discrètement les escaliers en colimaçon. Une bouffée d'émotion le submerge. Il revoit le moment où ils se sont quittés, après le flamboyant crépuscule...

Profitant du désordre dans les rues, après l'arrêt de la pluie, on avait transporté Haïku dans la voiture d'Onésime ; ni vu ni connu. Ulric lui avait confectionné des attelles de fortune.

Tao avait suffisamment repris de forces pour marcher. Il était faible et contusionné, mais ne cessait de pester contre lui-même, furieux d'avoir à ce point raté son mélange explosif.

Quant à la Taupe... une surprise attendait Clovis. Lorsqu'il éclaira la cavité sous la dalle, ce fut pour constater qu'elle était vide ! L'odeur nauséabonde de la Taupe flottait toujours dans l'air, mais il avait réussi à s'enfuir par un trou, une galerie comme en aurait creusé un gros animal...

Stan avait téléphoné chez lui pour annoncer qu'il venait de retrouver Naska et qu'ils arrivaient tout de suite. Cléo l'avait accompagné dans les rues :

– Tu es presque un Parisii, maintenant. Tu connais nos secrets.

– Mais quand vous reverrai-je ? Et toi ? Tu me laisseras un mot à la serre du Jardin des Plantes ?

Stan était consterné à l'idée de ne pas la revoir.

– Tu m'as donné ton numéro de téléphone, n'oublie pas.

– Oui, mais si je n'ai pas de tes nouvelles au bout d'un moment, comment saurai-je que tout va bien... ?

– Tu connais notre devise : « Fluctuat nec mergitur ». Même en pleine tourmente on ne coule pas ! Comme Lutèce...

Les yeux brillants elle lui avait souri, puis s'était accroupie près de Naska, passant les bras autour de son cou et chuchotant à son oreille.

– Alors monsieur le Rêveur, à quoi penses-tu ?

Son père s'amuse de le voir mastiquer sa côtelette d'agneau, la tête dans les nuages.

– Je... Je me demandais quel goût devait avoir le steack de mammouth...

– Franchement, tu as de ces idées !

Drôle d'idée peut-être, mais comment leur expliquer que désormais il ne verrait plus jamais Paris avec les mêmes yeux ? Comment leur faire comprendre que pour lui la rue Saint-Jacques ne sera plus un simple ruban de bitume qui longe la Sorbonne et le lycée Louis Le Grand, mais bien l'ancienne Piste des Mammouths ?

Les yeux perdus dans les scintillements de la Ville Lumière, Stan voit Paris comme un cœur dont la Seine est l'artère vitale.

Sequana... Et sous l'asphalte, Stan sait maintenant que des lutins soufflent sur les braises de Paris, gardiens de l'âme sauvage et aquatique de la ville.

Après ce bon dîner, ils marchent le long de la Seine en crue. L'air est frais, les étoiles n'ont jamais scintillé aussi fort entre les nuages. Stan se tourne une fois de plus pour admirer cette bonne vieille tour Eiffel avec ses quatre pieds bien au sec !

L'idée de retourner dans sa petite chambre, dans son petit univers de cours et de copains, lui semble insupportable après tout ce qu'il vient de vivre. Naska fouine près de lui, c'est sa façon de faire savoir qu'elle non plus n'a rien oublié de leur aventure. Dans un élan d'affection Stan s'accroupit et met ses bras autour de son cou, tout comme l'avait fait Cléo :

– Dis... J'aimerais bien savoir ce qu'elle t'a soufflé à l'oreille avant de partir ?

En prononçant ces mots, Stan sent un contact métallique dans son pelage. Avec un coup au cœur il découvre le collier de Cléo et son pendentif, le bateau symbole de Paris qui indique toujours la direction de la Source ! Il le laisse osciller dans la brise. Ses yeux brillent d'une émotion qu'il peut à peine contenir. Ses parents le regardent, interloqués.

Stan se sent l'âme d'un Parisii. Il voudrait plonger à nouveau dans les profondeurs de cette ville marine, apprendre à l'aimer, à la connaître, à la protéger. Il sait aussi que Cléo est la clef de ce nouveau monde.

Bouleversé, il passe le collier autour de son cou et pousse un vrai cri d'Indien, comme s'il pouvait enfin clamer son amour au monde entier et même aux étoiles.

POUR FAIRE CONNAISSANCE AVEC HUGO VERLOMME, QUI A ÉCRIT CE LIVRE

OÙ ÊTES-VOUS NÉ ?

H. V. Je suis né à Paris mais ma petite enfance a été bercée par les magnifiques vagues d'Hossegor, dans les Landes, d'où me vient sans doute ma passion pour l'océan.

OÙ VIVEZ-VOUS MAINTENANT ?

H. V. Pour l'instant, je vis à Paris, mais ma petite famille et moi sommes un peu nomades. Nous avons une cabane dans les montagnes de Colombie-Britannique, à l'ouest du Canada où nous allons parfois. Mais j'ai un attachement particulier pour Paris, une ville construite avec des coquillages... J'ai la chance d'y posséder un petit jardin sauvage qui est une véritable oasis.

QUAND AVEZ-VOUS COMMENCÉ À ÉCRIRE ?

H. V. J'ai toujours eu la passion de l'écriture, le désir d'écrire des livres ; dès l'âge de sept ans j'inventais des histoires, je rédigeais des recueils de poèmes.

DANS QUELLE MESURE* LES INDIENS DE LA VILLE LUMIÈRE *DÉCOULE D'UNE EXPÉRIENCE PERSONNELLE ?

H. V. J'ai toujours aimé arpenter Paris comme un territoire inconnu, pour y traquer la moindre trace de vie sauvage et aquatique, y dénicher des lieux secrets.

J'ai contemplé Paris de haut, et je me suis même baigné dans la Seine, pour le plaisir !

QU'EST-CE QUI VOUS A INSPIRÉ ?
H. V. Découvrir que la rue Saint-Jacques était la piste des Mammouths, remarquer tous ces immeubles truffés de fossiles marins, voir des photos de la grande inondation de janvier 1910 ou un tableau de Roland Cat montrant Paris englouti, survolé par des baleines à bosse, et puis aussi la mémoire de mon grand-père, Roger Verlomme, qui fut préfet de la Seine après la guerre, et qui se passionna pour le problème de l'eau à Paris...

VOUS A-T-IL FALLU BEAUCOUP DE TEMPS POUR ÉCRIRE CE LIVRE ?
H. V. Je l'ai écrit en deux fois. Il y a longtemps que je voulais évoquer le passé sauvage et « indien » de Paris, longtemps que je rêve de nager plage de la Concorde. Ce livre s'est élaboré sur une longue période, avec des recherches documentaires et environ quatre mois d'écriture.

EST-CE VOTRE PREMIER ROMAN ? EN AVEZ-VOUS ÉCRIT BEAUCOUP ?
H. V. J'ai écrit une douzaine de livres, très orientés sur la mer, certains sont de la fiction, d'autres des documentaires sur l'exploration océanographique, les dauphins ou la glisse. La plupart de mes romans ont pour sujet l'océan, comme *Mermere*. J'ai aussi publié un roman que les lecteurs de Folio Junior connaissent : *L'homme des vagues*, une histoire de surf et d'amitié qui se déroule à Hossegor, dans les Landes.

ÊTES-VOUS UN AUTEUR À PLEIN TEMPS ?
H. V. Même si j'étais sur une île déserte, je continuerais d'écrire. J'essaye d'allier ma passion de l'écriture et ma passion de la mer. J'écris aussi pour la presse et le cinéma.

QUEL CONSEIL DONNERIEZ-VOUS À UN ÉCRIVAIN DÉBUTANT ?
H. V. De ne jamais se laisser décourager, de suivre son instinct, d'écrire ce qui lui fait plaisir et de laisser libre cours à son imagination.

Jeanne Puchol nous raconte comment elle a illustré Les Indiens de la Ville Lumière

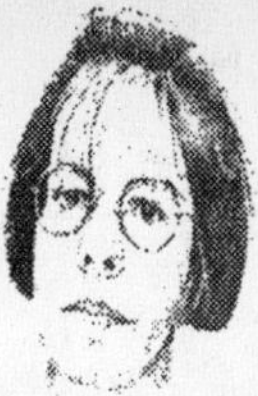

Accaparée par mon intense vie mondaine, je préfère laisser la parole à Léopoldine, une souricette lointaine cousine de Léopold, qui hante l'atelier où je travaille. « Vous voulez savoir comment elle a illustré *Les Indiens de la Ville Lumière*? Ah! ah! Laissez-moi rire... Le matin, elle arrive en traînant les pieds. Elle bâille, elle s'étire, elle se fait un café, elle ne sait plus quoi inventer pour s'y mettre. Enfin, elle se perche sur sa chaise et feuillette un livre de photos sur les souterrains de Paris, à la recherche d'un décor intéressant pour la scène qu'elle doit mettre en images. Eh oui! parce qu'elle copie! On croit, comme ça, que c'est fait d'imagination, eh bien non, c'est tout copié. Remarquez, lorsqu'elle ne "trouve pas la doc" – c'est comme ça qu'ils disent, dans leur jargon –, ou qu'elle a la flemme, ou pas le temps, elle invente et c'est encore pire. Par exemple, vous avez vu les pattes qu'elle a dessinées à Léopold? Elle lui a fait des pattes de lapin! des pattes de Bugs Bunny! on le croirait chaussé de charentaises à coussinets! Alors que nous sommes tellement fiers de nos doigts délicats. Elle a réalisé son erreur en partant livrer les illustrations. Là, dans le métro, assise en face d'elle, une jeune fille qui ressemblait tellement à Cléo tenait en laisse un joli rat gris et blanc. Sur la banquette d'à côté, deux grands jeunes hommes aux cheveux longs, beaux comme des Parisii, s'amusaient du spectacle. Jeanne se tenait coite, partagée entre la honte – pour les pattes de Léopold – et l'émerveillement : "ils" étaient là, en vrai... »

Loi n° 49-956 du 16 juillet 1949
sur les publications destinées à la jeunesse
ISBN 2-07-051526-5
N° d'édition : 82796 - N° d'impression : 39738
Dépôt légal : septembre 1997
Imprimé en France sur les presses de l'imprimerie Hérissey